울고 있는 숲

울고 있는 숲

초판 1쇄 2019년 12월 31일

글쓴이 | 김일광
펴낸곳 | 도서출판 단비
펴낸이 | 김준연
편 집 | 최유정
등 록 | 2003년 3월 24일(제2012-000149호)
주 소 | 경기도 고양시 일산서구 일중로 30, 505동 404호(일산동, 산들마을)
전 화 | 02-322-0268
팩 스 | 02-322-0271
전자우편 | rainwelcome@hanmail.net

ISBN 979-11-6350-021-6 43810
ISBN 978-89-967987-4-3 (세트)

값 11,000원

* 이 도서는 한국출판문화산업진흥원의 '2019년 출판콘텐츠 창작 지원 사업'의 일환으로
  국민체육진흥기금을 지원받아 제작되었습니다.
* 이 책의 내용 일부를 재사용하려면 반드시 저작권자와 도서출판 단비의 동의를 받아야 합니다.
* 이 도서의 국립중앙도서관 출판예정도서목록(CIP)은 서지정보유통지원시스템 홈페이지(http://seoji.nl.go.kr)와
  국가자료종합목록 구축시스템(http://kolis-net.nl.go.kr)에서 이용하실 수 있습니다. (CIP제어번호 : CIP2019052040)

울고 있는 숲

김일광 장편소설

단비
danbi

나무가, 숲이 울고 있어요

얼마 전에 나라가 어려울 때마다 울었다는 나무를 만났답니다. 마을 사람들에게 요즘도 우느냐고 물었더니 우는 소리를 들은 적이 없다고 하였습니다. 그렇다면 요즘은 어려운 일이 없다는 것일까요. 모든 사람이 사람대접을 받으며, 서로 조화를 이루며 살아가는 그런 평화로운 세상이란 뜻일까요?

우리에게는 비석이 땀을 흘렸다거나 나무가 울었다는 이야기가 곳곳에서 전해집니다. 나무나 비석 등 자연물이 재난이나 이변을 미리 알고 이를 사람들에게 깨우쳐 주었다고들 합니다. 그렇게 본다면 우리 주변에서 일어나는 일에 대하여 사람이 가장 늦게 알아채는 꼴입니다. 나무나 비석이 보여 주는 반응을 보고 그제야 어느 정도 위기감을 깨닫게 되는 꼴이니까요.

이 땅에 살고 있는 다른 생명체도 어려움을 함께 느낀다는 그런

의미가 아닐까요? 어쩌면 우리의 시간과 공간이 사람들만의 것이 아니라 모든 자연물이 함께 나누어야 한다는 사실을 일러 준 것인지도 모릅니다.

어릴 때 우리 마을에는 큰 당산나무가 있었습니다. 무척이나 큰 나무였지요. 마을 어른들은 '할배 나무'라고 부르며 신성하게 여겼답니다. 1년에 한 차례씩 제사를 지내기도 했습니다. 강물에 실려온 나무를 사람들이 일으켜 세우고는 그 나무를 중심으로 마음을 모으고, 마을의 안녕을 소망했다지요. 나무를 사람과 같은 가치의 생명체로 인정했던 것이지요. 아니 오히려 자연을 더 귀하게 여기며, 자연을 통해 사람살이의 지혜를 얻으려고 하였지요.

이처럼 우리는 예부터 같은 하늘을 향해 자리한 푸른 숲에 안겨 나무와 풀벌레와 날짐승, 들짐승과 지혜를 나누며 어질게 살아가는 생명이었답니다. 그런데 언제부터인가 우리의 눈을 멀게 한 탐욕.

내 주장만 하고 다른 사람을 돌아보지 않는 마음들이 사람을 지배하게 되었답니다. 바로 그 이기심이 모든 생명들이 함께 누려야 할 평화를 깨뜨리고 말았습니다. 이기심이 우리의 귀와 눈을 막아 버리는 바람에 자연이 우리에게 들려주는 지혜의 몸짓과 소리를 나누지 못하게 되었지요.

그런 어진 사람들이 모여 사는 푸른 세상이 다시 돌아올 수는 없을까요.

숲이 지금 우리 곁에서 울고 있네요.

고래를 기다리는 집에서
김일광

차례

참 이상한 일이었다.
밤마다 스산한 바람이 숲머리를 서성대곤 했다.
그럴 때면 숲이 소리 내어 울었다.
처음에는 나무들이 하나둘 흐느끼다가 그 흐느낌이 점점
번져 나가서 나중에는 숲이 소리 내어 울었다.
바람은 울음을 싣고 마을과 마을을 떠돌았다.
그러나 특정 주파수 소리만 듣도록 훈련된 사람들은
그 소리를 알아채지 못하였다.

축구 한 게임

철호는 당산나무에 등을 기대고는 깊게 숨을 들이켰다. 무섭고 불안하던 가슴이 조금씩 진정되어 갔다. 어두웠지만 주변 모습도 천천히 눈에 들어왔다. 그러나 두려움이 완전히 사라진 것은 아니었다. 수십 년 동안 사람 발길이 끊긴 숲은 생각만으로도 가슴을 졸아들게 만들었다. 그만큼 숲으로 들어오려고 마음먹는 것조차 쉬운 일이 아니었다.

다시 조심스럽게 주변을 살펴보았다. 순호는 아직 도착하지 않은 모양이었다.

어디선가 싸한 바람이 불어왔다. 당산나무가 온몸을 움츠리며 으스스 가지를 떨었다. 그 떨림 사이로 언뜻 섬뜩한 흐느낌이 느껴졌다.

"어!"

고양이처럼 몸을 움츠린 철호는 곁눈으로 당산나무를 올려다보았다. 특별해 보이는 것은 없었다. 달이 나무 끝에 걸려 있을 뿐이었다.

'잘못 들었나?'

귀를 한 번 의심하고는 다시 나무에 기댔다. 그런데 이번에는 흐느낌이 몸으로 전해졌다. 순간 온몸이 얼어붙었다. 눈을 꼭 감고 숨을 죽였다. 분명 누군가가 울고 있었다. 흐느낌은 점점 깊어지더니 숲을 흔드는 울음으로 변하여 갔다. 낮고 깊은 파장을 만들며 퍼져 나가는 울림은 괴기스럽기까지 했다.

철호는 그만 정신이 아득해지면서 그대로 주저앉고 말았다.

얼마의 시간이 지나고 울음이 서서히 사라지자 철호도 정신이 돌아왔다. 꽁지 빠지게 도망치고 싶은 마음이 굴뚝같았다. 그러나 약속을 팽개칠 수가 없었다.

'그래, 약속, 약속을 지켜야지.'

철호는 스스로에게 최면을 걸 듯 '약속'이라는 말을 되뇌며 호흡을 길게 가져갔다. 조금씩 용기가 살아났다. 그때까지 앞에서 빤히 올려다보고 있던 공을 냅다 걷어차 버렸다. 축구공은 밤하늘로 깊숙이 날아올랐다. 까마득히 올라갔던 공은 달빛을 지고는 천천히 내려왔다. 공은 바닥으로 바로 떨어지지 못하고 가장 높은 나뭇가지에 얹혔다가 마치 원숭이처럼 낮은 가지를 차례로 내려디디며 한

층, 한 층 아래로 떨어졌다. 발 가까이 굴러온 공을 몇 번 튀기다가 다시 힘껏 찼다. 공은 나무 사이를 뚫고 어둠 속으로 날아갔다가 나무 둥치 하나를 치고는 되돌아왔다. 공 튀는 소리도 무서움을 쫓아 주지 못하였다. 일부러 소리도 힘껏 내질렀다.

"애는 도대체 어떻게 된 거야? 오는 거야 아닌 거야."

담임인 정다운 선생님이 느닷없이 교무실로 불렀다. 교무실에 도착하자 바로 전화가 걸려 왔다. 성하학교로 전근 간 고 선생님 전화였다.

"그 녀석 와 있어? 그럼 전화 바꿔 줘 봐. 여기에 그 녀석하고 똑같은 녀석이 하나 있어. 얀마, 한 번 통화해 봐."

전화를 받은 아이는 순호였다. 철호는 순호를 자주 만나지는 않았지만 잘 알고 있는 사이였다. 전화를 나눈 적은 없었다. 막상 전화를 마주 들기는 했지만 둘이서 이야기할 겨를은 없었다. 성질 급한 고 선생님이 다시 전화를 가로채 가서는 혼자서 떠들어 댔다.

"그러면 말이야. 너희 두 녀석이 약속을 잡아. 일단 만나야 의논을 할 거잖아. 멀리 잡지 말고 오늘, 내일 당장 만나. 내 생각에는 둘 다 공평하게 두 마을 가운데인 숲이 좋겠어. 그 숲에서 제일 큰 나무 있잖아? 그래, 거기 당산나무 거기서 만나. 오늘은 그렇고, 그래 내일, 모레? 그럼 모레 저녁에 만나는 걸로 약속 된 거다. 너무 늦지 말고 알았지? 어른들 눈치 못 채게 번개처럼 재빨리. 무슨 말인지 알지? 어른들께는 당분간 비밀로."

고 선생님은 두 아이의 의견도 물어보지 않은 채 후다다닥 혼자서 약속 장소와 시간을 정하고는 전화를 끊어 버렸다.

'아니, 이게 뭐야?'

철호나 순호는 어안이 벙벙했다. 어떻게 공 한 번 만져 보지도 못하고 경기가 끝난 꼴이었다.

"철호야, 이럴 때 쓰는 말이 뭔지 알아? '허탈하다'야. 하여튼 일방적이야. 고성만, 저 성격은 변하지를 않아."

정 선생님도 전화기를 한쪽으로 밀치며 풀썩 웃었다.

그렇게 이루어진 억지 약속 때문에 무서움을 꾹꾹 참으며 여기까지 온 것이었다. 가 버리고 싶은 생각이 굴뚝같았지만 그놈의 체면 때문에 버티고 있었다. 겁먹고 도망친다면 인생에 오점을 남길 것 같아서 스스로 생각을 다잡았다.

달이 당산나무에서 다른 나뭇가지로 옮겨 앉았다. 온몸이 으스스해 왔다. 몸을 잔뜩 움츠리며 한기를 쫓았다. 그러자 다시 생각이 제자리로 되돌아왔다. 나무가 흐느끼고 숲이 울다니, 그 울음의 가운데 서 있었으면서도 도저히 믿어지지가 않았다. 힐끗힐끗 나무를 올려다보았다.

'빨리 오지 않고 뭘 하는 거야!'

철호는 무서움을 떨치려고 어금니를 악물었다.

고 선생님은 성곡학교 있을 때부터 두 마을의 축구 이야기를 듣고는 다시 이어지게 하겠다며 뺑 샘답게 큰소리를 뻥뻥 치곤 했다.

'아이쿠, 뺑 샘. 뻥뻥뻥 하는 일이 늘 이렇다니깐.'

이번 인사이동으로 성하학교에 가면 꼭 결과를 만들어 내겠다더니 약속을 이처럼 엉터리로 만들어서 철호를 골탕 먹이고 있었다.

"아, 정말 미치겠네."

그때, 당집 아래쪽에서 인기척이 났다. 느지막이 순호가 나타났다. 두꺼운 겨울 외투를 단단히 챙겨 입은 순호는 철호를 보자 멋쩍은 웃음을 보였다. 무척 오랜만에 만나는 사이지만 크게 낯설게 느껴지지는 않았다. 서로 친척인 것은 익히 잘 알고 있기 때문이었다.

"좀 빨리 오지. 기다리느라 지루해 죽는 줄 알았어. 숲이 울고 난리도 아니었어."

무서웠다는 말은 자존심 때문에 슬쩍 피해 갔다.

"미안, 미안. 나도 올라오면서 이상한 울림을 들었어. 땅울림 아니었어?"

순호는 손바닥을 바지에 문지르며 긴장을 풀어 보려고 애를 썼다.

마침 달빛을 받은 당집이 환하게 나타났다. 당집은 몹시 헐어 있었다. 담도 한쪽은 무너져 있었고, 기왓장도 여러 장 날아가고 없었다. 그러나 굵은 자물쇠는 문짝을 꽉 움켜쥔 채 고집스럽게 버티고 있었다. 벽채 창구멍으로 들어온 달빛이 바닥에 길게 다리를 뻗고 있었다. 그 달빛 자락을 덮고 짚으로 엮은 공들이 잔뜩 웅크리고 있었다. 가장 안쪽에는 돼지 오줌보로 만들었다는 쭈그러진 공이 비스듬히 누워 있었다. 그 위로 먼지가 뽀얗게 덮여 있었다. 이를 보는 순호 가슴 밑바닥에서 슬그머니 조바심이 일었다. 공을 좁고 답답한 당집에서 꺼내 주고 싶었다.

"답답해 보인다. 그치?"

순호가 밑도 끝도 없는 말을 꺼냈다.

"뭐가?"

"저기, 저 축구공들 말이야."

"꺼내지 않은 지가 오래되었으니까. 일본 사람들이 공을 없애 버릴까 봐. 당집에다 숨겼다고 어른들이 옛이야기처럼 들려주셨어."

"공이 뭘 어쩐다고 저걸 빼앗아 없애려고 그렇게 마을 사람들을 괴롭혔을까?"

"우리 사람들이 모이고 뭉치는 게 겁이 났던 거지 뭐."

"옛날에는 줄다리기를 했는데 축구를 시작한 게 3·1만세운동 다음 해였다니까 우리 백성들이 모이는 게 겁이 났을 거야."

만세운동이 있은 다음 해 삼월 첫 보름날, 성하리와 성곡리 사람들이 숲으로 모여들었다. 일본 순사의 눈도 피하고 답답한 마음이나 달래 보려고 한 사람, 한 사람 모인 거였다. 마을 사람들은 만세운동으로 잡혀간 사람과 다친 사람 걱정을 두런두런 나누었다.

그날, 귀가 떨어져 나갈 만큼 추웠다고 했다. 어른들 이야기에 끼어들지 못했던 젊은이들이 추위를 쫓으려고 숲 가운데 빈밭에서 공을 차기 시작했다. 이듬해에도 성곡리, 성하리 사람들은 삼월 첫 보름날, 당집 큰 나무 아래로 모여들었다. 젊은이들은 아예 공을 만들어 왔다. 그렇게 두 마을은 번잡스러운 줄다리기 대신 축구 경기를 이어 가게 되었다.

"몰고 가!"

"가운데로 차라고 차!"

"제대로 좀 막으라고!"

사람들이 고래고래 질러 대는 고함에 숲이 들썩였다. 처음에야 마을 어른들은 점잖 빼느라 헛기침이나 하면서 멀찍이 앉아 있었지만 한참 공을 뺏고 뺏기면서 별밭을 오르내리다 보면 남녀노소 할 것 없이 모두 공을 쫓고, 막으며 고함을 질러 댔다.

축구 경기는 두 마을이 같은 뿌리, 한 형제임을 확인시켜 주었다.

아주 먼 옛날에 한 부부가 이 섬에 자리 잡았다고 했다. 자식 둘을 키운 뒤에 산과 바다 쪽으로 나누어 각각 자리를 잡게 하였다. 그래서 바다 쪽 성하마을과 산골 성곡마을이 생겨났다. 당산나무도 두 마을 가운데에 심고, 당집 주변에는 나무를 심어 큰 숲을 이루었다. 축구공도 일본 순사가 접근을 꺼리는 당집에 숨기며 지켜 냈다.

형제가 이룬 마을답게 일본 사람 구박에도 단단히 뭉쳐져 있던 두 마을이 원수처럼 갈라선 것은 어이없게도 일본이 쫓겨 간 한참 뒤였다. 그렇게 만든 사람은 바로 성하마을 촌장 아들인 세남이었다. 그는 성하리에 살고 있지도 않았다. 일제 강점기에는 유학을 한답시고 외국을 떠돌다가 해방된 뒤에도 뭍에서 살고 있었다. 섬으로 걸음 하는 일은 없었다. 그런데 어느 해 설을 쇠러 고향에 왔다가 슬쩍 불씨를 던져 놓고는 훌쩍 떠나 버렸다.

"왜, 이렇게 늦었어?"
철호가 늦게 온 까닭을 물었다.
"내 뒤를 밟는 녀석이 하나 있었어. 떼 놓고 오느라고."
"누, 누가?"
철호 눈이 휘둥그레졌다.
"득기라는 아인데, 뼁 샘이 전화할 때 엿들은 것 같아. 그 뼁 샘 목소리가 좀 크냐."
"득기? 어떤 아인데…."
"혼자서 하는 방송, 그 유튜브를 한다나 뭐라나 그 일에 빠져 있는 애야."
"그런 녀석은 조심해야 하는데…."
잘못하다가 어른들 귀에라도 들어가면 축구는 어림없는 일이었다. 순호와 만나는 것도 심한 꾸중을 들을 일이었다. 철호가 잠깐 생각을 굴려 보았다. 그래도 축구 경기는 하고 싶었다.
"내가 집을 나서는데 그 녀석이 슬그머니 따라붙더라고."

"그래서?"

"일부러 골목을 몇 바퀴 돌았지."

"그래서 늦었구나."

"뼁 샘이 어른들 모르게 일단 경기를 추진하자고 했는데 미리 알려지면 곤란하잖아. 득기 녀석 입부터 막아 놓고, 좀 천천히 해 보는 게 좋겠어. 어때?"

순호의 말 속에는 조금 엉덩이를 빼는 느낌이 깔려 있었다.

"이 눈치, 저 눈치 보다가는 축구를 하지도 못해. 뭘 주춤거려. 그 녀석 입이 그렇게 무서워? 네가 싫은 거 아니야? 우리와 경기하는 게 내키지 않는 거지?"

철호가 으르렁대며 눈꼬리를 세웠다.

"왜, 화를 내고 그래? 나도 나름 고민하고 있다고."

"공 한 번 차자는데 그게 그렇게 어려워? 번지르르 말이나 앞세우고, 겁쟁이들 같으니라고! 너도 그쪽 어른들과 다를 게 없네."

"뭐라 겁쟁이? 야! 그쪽 어른들은 잘난 게 뭐야. 사사건건 시비나 걸고."

순호도 주먹을 쥐고 맞섰다. 둘은 오랜만에 만나서 아무것도 아닌 일로 한판 붙을 기세였다. 기 싸움이 만만치 않았다. 어른들의 엄한 눈초리에 알게 모르게 길들여진 탓이었다.

공 두 개가 오도카니 앉아서 씩씩대는 두 아이를 올려다보았다. 하얀 달이 나뭇가지를 지나면서 불끈 쥔 주먹 그림자를 지웠다. 철호가 먼저 주먹을 내렸다. 순호도 슬그머니 주먹을 내리고 공을 집어 올렸다. 화를 내고 으르렁댔지만 서로 자리를 뛰쳐나가지는 않았다.

성질 급한 철호는 화를 잘 내기도 했지만 풀어지기도 잘했다.

"이리 와서 앉아 봐. 우리 이야길 다시 해 보자고."

철호가 시큰둥해 있는 순호 손을 잡아당겼다.

철호는 순호의 손을 끌고 당집 추녀 밑 댓돌에 걸터앉았다. 순호는 못 이기는 체하면서 따라갔다. 나무들도 모두 귀를 쫑긋 세우고 철호 이야기에 귀를 기울였다.

"그래, 어디 해 봐."

"우리 두 마을이 어떻게 일이 이렇게 꼬였는지 처음부터 생각해 보자고."

"처음부터? 처음부터는 잘 모르지. 넌 알아?"

순호 말에 철호는 고개를 갸웃거렸다. 철호도 자세하게 알지 못하는 일이었다. 다만 어른들끼리 버럭 대며 나누는 이야기를 엿들었을 뿐이었다. 곰곰이 생각해 보니 이유도 잘 모르면서 어른들을 따라서 서로를 미워하고 있는 것이었다.

"어쨌든 일이 이렇게 된 건 너희 마을 탓이야."

철호의 그 말에 순호가 대꾸를 하려다 말을 삼켰다. 언뜻 아빠에게 들은 이야기가 떠올랐기 때문이었다.

분란거리

설날 아침, 떡국을 먹는 자리에서 세남이 슬그머니 얘기를 꺼냈다.

"요즘도 생선 싣고 나가는데 많이 불편하지요?"

아빠가 새삼스럽게 그게 무슨 말이냐는 얼굴로 세남을 바라보았다.

"국도까지 나가는 그 시오리 길이 항상 말썽이지. 꼬불꼬불한 비포장 길에 물고기들이 다 얼이 들고 마니까."

"길을 넓히고 포장이 벌써 돼야 할 길인데…"

온 식구가 숟가락을 딱 멈춘 채 세남의 입을 바라보았다.

성하리 포구에서 포장된 국도까지는 길이 몹시 험했다. 갯가 낮은 곳에서 올라가는 고갯길은 바위산을 깎아서 만든 탓에 좁고 굽은 길이 잦았다. 비나 눈이 오거나 해무가 덮치는 날은 아예 넘어갈 엄두조차 내지 못하였다. 펄펄 뛰던 생선도 이 길만 지나고 나면 멀

미한 것처럼 물이 가곤 했다. 살아 있으면 비싸게 팔 수 있을 텐데 이 고개만 넘고 나면 값이 절반으로 꺾어지고 말았다. 그래서 성하리 사람들의 소원은 자나 깨나 마을로 들어오는 고갯길을 넓히고 포장하는 것이었다. 아울러 숲 짬에서 바로 뭍으로 연결되는 다리를 놓는 일이었다.

"좋은 기회가 있긴 한데….'

"기회라면 잡아야지. 뭐가 문제야?"

가족들 마음은 이미 세남에게 넘어가 있었다.

"그런데 좀 어려울 것 같아서….'

"좋은 기회는 뭐고, 어려운 건 도대체 뭐냐고?"

아빠는 아예 숟가락을 상 위에 놓아 버렸다. 너무 나간다 싶었던지 어머니가 잠깐 이야기를 끊었다.

"도련님. 음식을 좀 드시고 찬찬히 말해 보세요."

"…"

세남은 빙긋 웃으며 잠깐 뜸을 들이다가 말을 이었다.

"형님! 이 이야기는 확실, 그러니까 내가 보증할 수 있다 이 말입니다."

한마디, 한마디 짬을 벌리며 아빠의 조급증을 조금씩, 조금씩 끌어올렸다. 안달이 난 아빠는 한껏 달아올랐다.

"아유, 답답해 죽겠네. 그래, 그 어렵다는 건 뭐고, 확실하다는 건 또 뭐냐고?"

아빠는 너무 궁금한 나머지 버럭 짜증을 냈다. 그제야 세남은 준비해 뒀던 이야기를 꺼내 놓았다.

이미 마을 주변 산을 모조리 사 들이고 있는 건설회사에서 그 일대를 관광휴양지와 공단으로 만들 계획이라고 했다. 외국 회사도 참여하기 때문에 세계적인 도시로 발전할 수 있을 거라고 했다.

"세계적인? 그게 우리 마을 길과 무슨 상관이냐?"

아빠가 의아한 표정을 지었다.

"어허, 끝까지 들어 보세요."

세남은 이야기를 재촉하는 아빠를 넌지시 나무랐다.

"내가 그곳 책임자와 이야기를 나눴는데 관광휴양지 진입로를 성내숲 가운데로 내고 싶어 합니다. 그걸 허락하면 성하리 도로는 물론이고 마을 안길까지…."

"뭐라고!"

듣고 있던 아빠가 버럭 소리를 지르며 말허리를 잘랐다. 그러고는 고개를 절레절레 흔들었다. 어이가 없어서 기가 막힌다는 표정이었다.

"좀 더 들어 보고 판단하세요."

세남도 물러서지 않았다. 이미 예상하고 있었다는 듯이 말을 계속하려고 들었다.

"그만하시게! 도회지에서 만난 것들과 의논한 게 겨우 그것이야?"

아빠는 자리를 박차고 일어나더니 밖으로 나가 버렸다.

"혀, 형님! 바로 그곳에다 뭍으로 나가는 다리도 건설해 준대요.

언제까지 그 먼 성곡리 다리로 다닐 작정이요? 그 큰 걸 얻으려면 작은 하나는 양보해야지요."

세남도 엉겁결에 엉거주춤 일어섰다. 조금은 당황한 듯했다.

아빠는 홧김에 포구로 나갔다. 그런데 화가 나는 중에도 '다리'라는 말이 자꾸만 여름날 모기처럼 귀 주변을 앵앵거렸다. 성내숲에서 뭍으로 가는 다리가 놓인다면 뭍으로 나가는 시간을 반으로 줄일 수가 있었다.

포구에는 성하 촌장이 흰 두루마기를 입은 채 나와 있었다.

"어르신! 일찍 나오셨네요. 올해도 건강하시고 복 많이 받으세요."

아빠가 공손하게 새해인사를 했다.

"고맙네, 우리 집 세남이가 거기 갔지?"

"예."

"엉뚱한 이야기는 하지 않던가?"

"저어, 뭍으로 나가는 다리를…."

아빠는 이야기를 꺼내다 말았다.

"숲으로 길 내는 이야기도?"

성하 촌장도 이미 알고 있는 눈치였다.

마을 앞 포구에는 작은 배들만 몇 척 일렁대고 있었다. 그 배 몇 척으로 마을 사람 모두가 생활을 꾸려 가고 있는 셈이었다. 줄어들기만 하는 마을 사람들의 살림살이였다. 넓은 바다 앞에 선 마을 모습이 너무나 초라하다는 생각이 들었다. 포구 한쪽 자락에서 성하 촌장의 두루마기가 고깃배 낡은 깃발처럼 흔들렸다.

"우리가 가진 게 너무나 초라하잖은가?"

성하 촌장의 목소리에는 깊은 슬픔이 묻어났다.

"어르신, 어찌 그런 말씀을…"

"우리도 한번 잘살아 봐야 할 텐데…"

성하 촌장의 중얼거림에 아빠 가슴도 아릿하게 젖어 왔다.

아빠는 안타까운 마음을 안고 다시 집으로 돌아왔다. 세남은 여전히 버티고 있었다.

"이야기나 한 번 들어 봄세."

아빠가 세남 앞에 앉았다. 그러나 좀 전보다는 풀이 많이 죽어 있었다.

"형님! 우리 마을을 한번 둘러보세요. 그 회사 땅을 밟지 않고는 밖으로 나갈 수조차 없다고요. 그 회사 뒤에는 외국 회사들이 지원하고 있어요. 그런 회사에서 우리 마을을 둘러싸고 있는 산에다 휴양지를 건설하겠답니다. 공단도 만들겠답니다. 우리 마을이 어떻게 되겠어요. 관광객이 넘치고, 우리가 가진 산밭들이 죄다 돈이 된다고요. 마을 사람들은 모두 돈방석에 앉는다 이 말입니다."

"성곡리와 협의가 만만치 않을 텐데."

아빠는 벌써 한 풀 꺾여 있었다.

"형님도 참, 세상은 달라지고 있습니다. 그 많은 나무 중에 몇 그루 베어 낸다고 무슨 난리가 납니까, 숲이 돈을 줍니까, 밥을 줍니까? 잠시 허전할 뿐 곧 익숙해지기 마련입니다. 그러나 길이 뚫리고, 다리가 열리면 마을은 확 달라집니다. 관광지가 되고, 마을로 관광객들이 몰려들 거고 이 마을은 소득이 높아지고 대대로 잘살게 된다 이 말입니다. 성곡리를 염려하시는데 숲에 대한 권리를 따지자면 반, 반이 아니겠습니까? 정 안 되면 숲을 반으로 나누자고 하세요. 그 반에다 길을 내도 될 겁니다."

"길도, 다리도 필요하지만 숲을 반으로 나눈다는 건…."

아빠는 우물쭈물 하다가 끝말을 삼키고 말았다.

"마을 살림을 맡고 있는 형님과 젊은이들이 나서야 합니다. 기회는 또 오는 게 아닙니다."

세남은 결심을 못하고 망설이는 아빠의 생각을 밀어붙였다.

"그래도 마을에는 어른들이…."

한나절이 다하도록 아빠와 세남은 이야기를 계속하였다. 오후에는 소문을 들은 마을 청년들까지 모여들었다. 찬성하는 사람과 반대하는 사람이 나누어져 입씨름을 벌였다. 그러나 날이 저물면서 세남의 말에 찬성하는 쪽으로 생각들이 기울어져 갔다.

"여러분이 다 이런 차를 몰게 될 거요."

세남은 타고 온 승용차를 가리키며 큰소리를 쳤다. 청년들의 얼굴이 환해졌다. 마을 청년들의 배웅을 받으며 세남은 마을을 떠났다.

이튿날부터 성하리 사람들은 이 집 저 집에서 무리 지어 토론을 벌였다. 대부분 사람들은 숲보다 잘사는 쪽을 택하고 싶어 했다. 노인들도 처음에는 고개를 절레절레 흔들었지만 젊은 사람들이 잘살아 보겠다고 나서는데 끝까지 고집만 부릴 수는 없는 노릇이었다.

성하리 촌장도 마을의 분위기를 다 듣고 있었다. 그러는 사이에 설날 아침에 포구에서 보았던 초라한 마을 모습이 자꾸만 되살아나서 마음을 뒤숭숭하게 만들었다. 마을 청년들이 며칠 동안 찾아와서 졸라 대는 것을 끝까지 외면할 수는 없었다.

성하리 사람들 마음은 모아졌지만 성곡리를 설득하는 일이 남아 있었다. 누가 성곡리에 가며, 어떻게 이야기를 꺼내야 할지 의견만 분분하였다. 이런저런 말들로 또 며칠을 끌었다. 그만큼 성곡리와는 조심스럽고 꺼내기 힘든 이야기였다. 성하리는 길을 열고 생선을 실어 나르고, 다리가 놓이고 관광지로 개발이 되면 발전할 수 있다지만 성곡리는 그런 일과는 상관이 없었다. 더구나 고집불통 촌장이 호락호락 말을 들어줄 것 같지 않았다.

"흐흠!"

이야기를 듣고만 있던 성하리 촌장이 크게 헛기침을 했다. 사람들은 말을 딱 끊고 시선을 촌장에게 모았다. 촌장은 섣불리 아무나 보낼 수 없다는 생각을 하고 있었다.

"내가 갔다 오마."

"어르신께서 직접 가신단 말입니까?"

"그래, 자네들이 가는 것보다 새해 인사 겸 내가 가서 이야기 꺼내 보마."

동강 난 집안

성하리 촌장은 일찌감치 집을 나섰다. 성곡리는 성하리에서 한 나절이 좋게 걸리는 산길이었다. 새벽 일찍 배에서 내린 생선 몇 마리를 봉지에 담았다. 마을 어귀를 나서며 배웅 나온 사람들을 돌아보았다. 모두 기대에 가득 찬 얼굴이었다.

성곡리가 가까워지자 자꾸만 걸음이 허둥거려졌다. 발은 앞으로 내딛고 있었지만 마음은 뒷걸음을 치고 있었다.

'무슨 말부터 꺼내야 하누?'

기분 상하게 하지 않으면서 허락을 얻을 수 있는 방법을 생각해 보았다. 뾰족한 방법이 떠오르지 않았다.

'못난 아들놈을 둔 죗값인 게야.'

아들 세남이 원망스러웠다.

이런저런 생각을 하는 사이에 성곡리에 닿았다.

골목을 두어 번 돌아가자 높은 산자락에 앉은 옛 기와집이 보였다. 멀찍이 멈추어 서서 멀거니 그 집을 바라보았다. 내 집처럼 거리낌 없이 드나들던 집이었는데 너무 오랫동안 뜸했다는 생각이 들었다. 선뜻 발걸음이 내디뎌지지 않았다.

'우리 집과 같은 해, 같은 목수가, 같은 모양으로 지었다고 할아버지께서 말씀해 주셨지.'

돌담을 빠져나온 바람은 성하리 촌장의 목덜미를 차갑게 감았다. 더 주춤대고 있을 수가 없었다. 헛기침을 두어 번 하고는 대문을 밀었다. 마당에도 찬바람만이 휑하니 돌아쳤다. 마당을 지나 댓돌 앞에 섰다.

"흠흠, 형님, 계세요."

"아니, 이게 누군가? 어서 오시게나."

인기척을 느끼고는 성곡리 촌장이 달려 나왔다.

두 마을 촌장은 마주 절하고 서로 안부와 새해 덕담을 주고받았다.

"올해 성하리 어장 재미는 어떨 것 같은가?"

"글쎄요. 요 몇 년간 워낙 흉어라서… 올해는 제발 좀 나아져야 할 텐데 말입니다."

"그럼, 나아져야 하고말고."

"성곡리 농사는 올해도 풍년이 들겠지요."

"풍년이 오히려 걱정이라네. 풍년이 들면 또 시세가 좋지 않아지니 그게 또 걱정일세."

이야기를 나누는 사이에도 성하 촌장은 자꾸만 초조해지는 마음을 떨쳐 버릴 수가 없었다. 목젖에 걸린 숙제를 꺼낼 기회만 엿보고 있었다.

"이보게 아우! 무슨 걱정이라도 있는가? 낯빛이…."

성곡 촌장이 성하 촌장의 초조한 마음을 먼저 읽었다.

성하 촌장은 망설이고 있던 이야기를 조심스럽게 꺼냈다.

"오늘 실은 형님께 긴한 의논을 드리러 왔습니다."

"그래? 무슨 일인데 그렇게 뜸을 들이는가?"

"형님께서 너그럽게 허락해 주셨으면 합니다."

"아니 무슨 얘길 하려고 이러나? 우리가 어디 남인가. 허락할 일이 있다면 허락해야지."

성곡 촌장의 선선한 대답을 듣고 나니 그나마 안심이 되었다.

"아시겠지만 성하리는 도로까지 나가는 길이 무척 불편합니다. 길을 제대로 내는 게 우리 마을의 오랜 소망입니다."

"그렇지. 예전에 걸어 다닐 때 만들어진 길이라서 요즘 차들이 드나들기에는 불편할 게야. 이렇게 될 줄 모르고 문중 땅을 미리 팔아 버렸으니…."

성곡 촌장은 아픈 부분을 꼭 짚었다.

"그래서 말씀드리는 것입니다만 도로를 닦을 기회가 왔는데… 형님 허락이 좀 필요합니다."

성하 촌장은 잠깐 말을 끊었다가 '허락'이라는 말에 힘을 주었다.

"성하리 일인데 내가 허락할 일이 뭣인가?"

성곡 촌장은 조금 의아하다는 표정을 지었다.

"그게 성곡리와 관계되는 일이기에 이렇게 왔답니다."

"그래, 그게 뭔가?"

성하 촌장은 말을 쉽게 꺼낼 수가 없었다. 그렇다고 망설이고만 있을 수도 없었다. 숨을 크게 들이마시며 마음을 단단히 다졌다.

"성내숲 나무 몇 그루를 없앴으면 합니다만…"

"성내숲과 성하리 길이 뭔 상관인가?"

"성내숲을 가로질러 길을 내야 뭍으로 나가는 다리도 놓을 수 있다는군요."

그 말을 해 놓고는 바로 성곡 촌장의 눈치를 보았다. 성곡 촌장의 얼굴색이 순식간에 달라졌다.

"도, 도대체 무슨 말을 하고 있는가? 말도 안 되는 그 소리를 하려고 수년 만에 이렇게 찾아왔는가?"

성곡 촌장 입에서 침이 튀었다.

성하 촌장은 물러설 수 없다고 판단했다. 마음을 단단히 다지고는 아들 세남이 하던 이야기를 자분자분 이어 갔다. 이야기를 듣는 내내 성곡 촌장은 화를 가라앉히느라 눈을 지그시 감고 있었다. 이윽고 얼굴색이 불그레해지더니 관자놀이가 불끈 솟으며 말허리를 우지끈 분질렀다.

"그걸 말이라고 하는가! 성내숲은 조상 대대로 지켜 온 우리 문중의 역사요 정신이네. 나무면 다 같은 나무고, 숲이면 다 같은 숲인 줄 아는가?"

성하 촌장도 얼굴이 벌겋게 달아올랐다. 민망함, 수치스러움, 무안함이 뒤엉켜 어찌할 바를 몰랐다. 두 사람은 서로를 노려보며 한동안 말이 없었다. 그래도 다급한 사람은 성하 촌장이었다.

"형님! 자식 이기는 사람 봤소? 나도 반대를 했답니다. 그러나 젊은 사람들이 좀 더 나은 생활을 해 보겠다는데…."

성곡 촌장이 주먹을 부르르 떨며 성하 촌장의 말을 싹둑 잘랐다.

"철없는 애들을 나무라야지. 그 말을 듣고 이렇게 달려왔단 말인가?"

"그렇게 생각하실 게 아니라."

"어떻게 생각하란 말인가? 성내숲 나무들은 그냥 나무가 아니야. 이 땅을 지켜 온 주인이야. 주인을 몰아내겠다는 것과 뭐가 다른가. 조상님께서 한 그루, 한 그루씩 심은 나무가 자라서 숲이 된 걸세. 조상님들의 정성과 손길이 남아 있다는 걸 알아야지. 돈이 된다고 조상이라도 팔자면 얼씨구나 하며 나설 게야?"

성곡 촌장은 숨을 몰아쉬느라 이야기를 잠깐 끊었다.

"무슨 그런 심한 말씀을 하십니까?"

화가 나기는 성하 촌장도 마찬가지였다. 체면이고 자존심이고 여지없이 뭉개진 꼴이었다.

"심하다니, 내가 심한가. 자네가 심한가?"

성곡 촌장이 방바닥을 두어 번 내리치고는 돌아앉아 버렸다.

"아니, 젊은 사람들이 잘살아 보자고 하는 일인데 죽은 조상이라도 일어나서 도와야지요."

성하 촌장도 목청을 높였다.

일은 틀어질 대로 틀어지고 말았다. 방 안에는 온통 냉랭한 기운만이 가득했다.

"내 오늘은 이만 돌아갑니다만 다시 한 번 생각해 주소."

더 앉아 있을 수 없었던 성하 촌장이 작게나마 미련을 남겨 둔 채 밖으로 나왔다. 싸우는 소리에 놀란 성곡리 사람들이 마당에 모여 있었다. 차가운 기운은 마당에도 마찬가지였다. 성하 촌장을 바라보는 눈길들이 곱지 않았다. 성하 촌장은 신발을 신는 둥 마는 둥 허겁지겁 대문을 나서는데 성곡 촌장이 방문을 벌컥 열어젖혔다. 마루 끝에 생선봉지가 놓여 있었다.

"저, 저걸 당장 내다 버려."

성곡 촌장은 생선에 화풀이라도 하듯이 버럭 고함을 질렀다. 댓돌 곁에 서 있던 젊은이가 생선봉지를 들고 나가 힘껏 내던졌다. 까만 생선봉지가 성하 촌장의 머리 위를 날아서 대숲 깊숙이 떨어졌다.

미움을 쌓다

좋은 소식을 기다리며 모여 있던 성하리에서 한바탕 소동이 일어났다.

"우리가 잘사는 게 그렇게도 배가 아픈가?"

"도대체 한 핏줄이라는 게 뭐야. 수백 년 함께 나눠 온 정이라는 게 이렇게 하찮은 것이야?"

"좋아, 좋다고. 우리가 여기서 주저앉으면 지는 것이지."

성하리 청년들은 마치 싸움이라도 벌일 것처럼 설쳤다. 마을 사람들은 성곡리 보란 듯이 꼭 도로를 내고 싶었다. 그러나 성곡리가 동의하지 않으면 나무 하나 벨 수가 없었다. 숲은 성곡과 성하리의 공동 소유였기 때문이었다.

오기로 똘똘 뭉쳐진 성하리 청년들은 이튿날 세남을 찾아가서 매달렸다.

"그 숲을 피하여 도로를 내는 방법을 찾아보세. 그 회사에다 다른 방법을 생각해 보라고 해 줘."

"숲을 피해 가는 방법을 찾아보자는 말인데, 어려운 일일 텐데… 그렇게 하자면 우리도 그만한 걸 내주어야 저들이 움직일 겁니다."

세남은 말꼬리를 한껏 빼물며 찾아간 사람들 진을 뺐다.

"우리가 내놓을 수 있는 건 다 내놓겠네. 진입로를 넓히고 우리 쪽으로 다리를 낼 수 있다면 뭔들 못 하겠나."

"알았어요. 한 번 만나서 사정을 해 볼 게요. 마을에서도 생각을 모아 주세요."

"고맙네 고마우이. 꼭 고집불통 성곡리를 꺾어야 하네."

마을 사람들은 일이 틀어질까 봐 안절부절못했다.

며칠 뒤, 세남이 성하리를 찾아왔다. 포구에 나가 있던 사람들은 승용차를 보고는 한걸음에 달려왔다.

"그래, 뭐라고 하던가?"

"일단 안으로 들어가서 이야기합시다."

마을 사람들은 세남을 마을 회관으로 데리고 갔다.

"일은 잘 풀렸겠지? 성곡리 코를 납작하게 만들어 줄 수는 있겠지?"

마을 사람들과는 달리 세남은 천천히 여유를 부렸다.

"회사에서 마을에 큰 선물을 줄 것 같아요."

"아이쿠, 고마운 일이구먼. 역시 돈 있는 사람들이 후하다니까."

마을 사람들은 벌써 길이 뚫리고, 다리가 놓인 것처럼 박수를 쳐댔다.

"길은 어디로 낼 텐가?"

"말썽 많은 숲은 피하겠지?"

세남은 헛기침을 두어 차례 하고는 말을 꺼냈다.

"도로는 성내숲 대신 마을 앞 해안을 따라 내야 한대요. 다리는 북쪽 산 너머에 놓인대요. 성곡리에서 뭍으로 나가는 다리와는 비교할 수 없을 만큼 우리 마을에서 가까워진 셈이지요. 그러니까 도로와 다리를 받는 대신 마을 해안을 그들에게 내주는 셈이지요. 그렇게 되면 해안 길을 따라 명소가 만들어질 겁니다. 그야말로 우리 마을이 외국 유명 관광지와도 어깨를 겨루게 될 것입니다."

세남은 앞에 앉은 사람들을 둘러보며 잠깐 말을 끊었다. 그러고는 목을 좌우로 두어 번 꺾고는 또 헛기침을 했다. 자신의 공을 알아 달라는 모습이었다.

"다리에서 마을 진입로까지는 어떻게 할 셈인가?"

"마을 뒷산을 뚫고 터널을 내겠답니다."

"그렇게 되면 도로가 우리 마을 위로 난다는 말인데…"

"해안을 따라 도로가 되면 우리 갯벌과 포구는 어떻게 되는가?"

마을 사람들이 술렁이기 시작했다. 마을 위로 차들이 다니면 그 소리와 먼지가 고스란히 마을에 내려앉을 게 뻔했다. 해안을 따라

길을 내다보면 포구가 사라질 게 뻔했다. 세남은 마을 사람들이 달리 생각할 틈을 주지 않았다.

"약속을 받아 내기 무척 힘이 들었습니다. 진짜 어려웠다고요. 돈 있는 사람들이 돈을 더 귀하게 여기는 건 아시지요? 여러분들이 걱정하시는 게 뭔지 제가 압니다. 먹고사는 데 전혀 지장이 없도록 할 겁니다. 길이 열리면 공장도 들어오고 각종 휴양시설이 들어설 것입니다. 우리 마을 사람들에게 가장 먼저 일자리를 줄 겁니다. 위험하고, 힘든 뱃일, 그거 평생 해 봐야 입에 풀칠하기도 어려웠잖아요. 이제는 그런 일을 하지 않아도 잘살게 될 겁니다. 저어… 이건 비밀인데 마을이 발전하고 사람들이 몰려오면 어떻게 될까요?"

세남은 잠깐 뜸을 들이며 빙글빙글 웃었다. 마을 사람들은 침을 꼴깍 삼키며 그다음 말을 기다렸다.

"땅값이 오른다 이 말입니다. 여러분이 가진 논밭이 돈이 된다는 겁니다. 여러분도 큰돈을 만지며 떵떵거리고 살 수 있다 이 말입니다. 그런데 뭘 망설입니까. 먼지, 시끄러운 차 소리, 포구… 그런 걱정 다 내려놓으시고, 여기, 여기에다 도장을 찍으세요. 이 길이 성곡리를 이기는 길입니다."

"성곡리만 누를 수 있다면…."

"그럼요. 성곡리 콧대를 단박 꺾을 수 있지요. 그렇고말고요."

세남이 슬쩍 마을 사람들의 비뚤어진 마음을 부추겼다.

마을 사람들은 귀신에게 홀린 것만 같았다. 정신없이 세남이 내민 서류에 도장을 찍어 주고 말았다. 오기로 시작한 일에 점점 깊이 빠져들어 가게 되었다. 그럴수록 성곡리에 대한 미움도 점점 더 쌓여 갔다.

얼마 가지 않아서 중장비가 들어오고 바람을 막아 주던 북쪽 산은 돼지 콧구멍처럼 커다랗게 뚫리고, 마을 꼭대기로 자동차가 지나갔다. 이어서 까마득하게 높은 굴뚝과 공장들이 들어서고, 그 아름답던 해안에는 휘황한 불빛을 매단 집들이 하나둘 들어서기 시작했다. 주변의 산들이 허물어지고 산보다 더욱 높고 큰 아파트가 들어서면서 성하리는 큰 도회지로 변하였다. 정작 성하리 마을은 한쪽 구석으로 밀려나서 초라한 모습이 되고 말았다. 전학 오는 아이들이 많아지면서 성하리 학교는 점점 커졌다. 그러는 사이에 두 마을은 원망과 미움의 골이 점점 깊어만 갔다. 서로 오고 가지 않을 뿐만 아니라 읍내 장에서 만나도 서로 고개를 돌렸다. 그나마 간당간당 이어지던 축구 경기도 어느 해부터 하지 않게 되었다. 서로를 원수 대하듯 하면서 축구 경기 의논을 한다는 건 상상도 할 수 없었다. 그렇게 시간이 흘러가는 사이에 두 마을 사람들 마음은 바윗덩이처럼 차갑게 굳어지고 두 마을을 오가던 길에는 풀이 우거졌다. 함께 가꾸고 지키던 숲은 아무도 찾지 않은 채 버려지고 말았다.

숲이 울다

"허세남 아저씨 탓이야."

순호가 머리를 가로저으며 밤하늘을 올려다보았다.

"우리 성곡리가 조금만 너그러웠으면 좋은 방법을 찾을 수도 있었을 텐데."

철호도 슬그머니 순호의 어깨에 팔을 올렸다.

높다랗게 솟아 있는 당산나무를 올려다보았다. 달은 나무에서 멀어져 가고 있었다. 골짜기를 타고 왔던 바람이 가지 사이를 슬며시 빠져나갔다. 철호와 순호는 당산나무를 장난스럽게 끌어안아 보았다. 둘만의 아름으로는 어림도 없었다. 나무에 맞닿은 철호의 가슴이 찌릿찌릿해 왔다. 순호도 마찬가지였다. 순호가 옆으로 걸음을 옮겨서 철호의 한 손을 잡았다. 든든하고 힘이 되었다.

그때 한 차례 바람이 지나가면서 잔가지들을 스르르 흔들었다. 먼 데서 뭔지 모를 깊은 파장이 다가오는 듯했다. 작은 잎들이 참새 부리처럼 끝을 세우며 파르르 떨었다.

"우웅, 우우웅…."

숲을 흔드는 이상한 소리가 짧게 스쳐 지나갔다. 철호와 순호는 동시에 고개를 젖히고 위를 쳐다보았다. 분명히 소리를 들은 것 같은데 꿈결처럼 멍해지는 느낌이었다. 서로 얼굴을 마주 보며 서로에게 소리를 확인했다.

"분명히 무슨 소, 소리가?"

철호의 말소리가 심하게 떨렸다. 순호는 멍한 눈으로 크게 고개를 끄덕였다. 겁에 질린 순호가 먼저 주춤주춤 뒤로 물러섰다. 철호도 그 자리에서 허리를 낮추며 가만히 귀를 기울였다. 아무 소리도 들리지 않았다. 서로 마주 보며 고개를 갸웃거렸다.

그때였다.

"으흐흑, 우우웅, 우우웅…."

이번에는 울음소리가 길게 꼬리를 만들었다. 물러나던 순호가 엉덩방아를 찧으며 나뒹굴었다. 철호는 고개를 잔뜩 움츠리고 나무를 올려다보았다. 마침 달이 구름에서 벗어나 숲을 비스듬히 비추어 주고 있었다. 당산나무 가지 끝에서 또 한 차례 울음소리가 아이들 머리 위로 내려왔다. 아이들은 놀라서 튕기듯이 나무에서 멀찍이 떨어졌다.

"당산나무가 울고 있어."

철호가 떨리는 목소리로 소리쳤다. 울음은 나무에서 나무로 번져 가기 시작했다.

"숲이 울고 있어."

순호는 오싹하니 소름이 돋은 두 팔로 가슴을 감싸 안았다. 머리카락이 쭈뼛 솟았다. 누가 먼저랄 것도 없이 슬금슬금 뒷걸음을 치다가 냅다 숲 밖으로 도망치기 시작했다. 달빛도 아이들의 등에 얹혀 함께 숲을 빠져나갔다.

두 마을로 갈리는 길목까지 도망쳐 온 아이들은 그제야 걸음을 멈췄다. 숨이 목젖까지 차올랐다. 더 뛸 수가 없었다. 가슴에서 쇳소리가 났다. 한참 동안 엎드려 숨을 몰아쉰 뒤에 다시 가만히 귀를 기울여 보았다. 나무들은 어깨에 얹힌 달빛을 다독이듯 슬픔을 가만히 잠재우고 있었다.

"분명, 분명히 들었지?"

철호는 못내 믿어지지 않는 모양이었다.

"아, 몰라. 몰라. 무서워 죽겠어."

믿어지지 않기는 순호도 마찬가지였다. 순호가 먼저 마을로 내뺐다. 철호도 재빨리 숲을 벗어났다.

밤이 깊어 갔다. 철호는 잠을 이룰 수가 없었다. 울음소리가 귓바퀴에서 자꾸만 되살아났다. 눈이 말똥말똥해지면서 가슴만 콩닥콩

닥 뛰었다.

'잘못 들은 것은 아닐까? 아니야, 순호와 같이 들었으니까. 나무 귀신일까? 아니야.'

철호는 혼자서 묻고 답하고를 반복했다. 결론이 나오지 않았다. 생각은 자꾸만 잘못 들은 것으로 하고 싶었다. 그러나 그것도 마음대로 되지 않았다. 이리저리 뒤척이다가 새벽녘에 가서야 설핏 잠이 들었다.

철호가 곤히 늦잠에 빠져 있는데 아빠가 철호를 깨웠다. 눈은 잘 떨어지지 않고 몸은 돌덩이처럼 무거웠다. 주섬주섬 옷을 챙겨 입고 마당으로 나갔다.

철호는 세수를 하다 말고 간밤 일을 떠올렸다. 출입 금지된 숲에 간 것도 문제지만 숲이 운다는 것을 끝까지 비밀로 할 자신이 없었다. 혼자서 끙끙대고만 있기에는 너무나 불안했다. 들통 나기 전에 미리 말하는 게 좋겠다는 생각이 들었다.

"세수하다 말고 뭐 하냐?"

"아빠!"

"왜, 그래, 정신 나간 아이처럼, 뭔 일이냐?"

"간밤에 성내숲에 다녀왔어요."

아빠는 하던 일을 멈추고는 철호를 바라보았다. 놀란 눈빛이었다.

"얼씬도 하지 말라고 했는데. 거긴 왜?"

아빠는 나무라기부터 했다.

"나무가 울고 있었어요. 숲이요."

"뭐라고! 그건 또 무슨 말이냐?"

아빠가 주변을 살피며 일단 철호 입부터 막았다. 철호는 목소리를 낮추었다.

"제가 분명히 들었어요. 숲이 울었다고요."

"그만. 알았다. 알았으니까 안으로 들어가서 이야기하자."

철호는 아빠를 따라 안으로 들어가서 간밤에 숲에서 있었던 일을 자세하게 이야기하였다.

"다른 사람에게는 말하지 마라. 함부로 입을 떼면 안 된다. 알았지?"

아빠는 철호 입단속부터 시켰다. 그러고는 급히 대문을 빠져나갔다. 철호도 좀이 쑤셔서 방에 가만히 앉아 있을 수가 없었다. 몰래 뒤를 따라붙었다.

아빠는 마을 가운데 있는 촌장 집으로 들어갔다.

"어르신!"

"이른 시간에 웬일이냐?"

"저어, 이상한 소문이 있어서요."

"소문이라니 무슨?"

"성내숲이 울었다는군요. 아무래도 숲에서 무슨⋯."

아빠는 아주 조심스럽게 말을 꺼냈다.

"누가 그러던?"

촌장의 눈이 휘둥그레졌다.

"철호가 아침에…."

아빠가 말꼬리를 흐렸다.

"아침에 울었다고?"

"아뇨. 아침에 철호에게 들었는데 간밤에 숲이 울었답니다."

"간밤에 듣다니?"

촌장의 목소리가 높아지자 아빠가 잔뜩 긴장을 하며 어깨를 움츠렸다.

"지난밤에 철호가 숲에 갔던 모양입니다."

촌장은 신음소리 같은 한숨을 길게 뽑아내더니 강하게 꾸짖었다.

"숲 근처에는 얼씬도 하지 말랬잖아. 자네는 아이 단속을 어떻게 한 게야?"

"죄송합니다. 그것보다 숲에서 이상한 조짐이…."

"숲으로 간 이유를 알아내고 아이 입부터 단속시키게나. 허황된 소문이 나면 마을 사람들이 불안해할 수도 있으니까 숲은 내가 사람을 시켜 알아볼 테니."

더 이상 할 말이 없어지고 말았다. 아빠는 조심스럽게 일어나 방을 나왔다.

"언제 왔느냐?"

아빠는 댓돌 밑에 서 있던 철호를 보고 깜짝 놀라며 방 안 눈치부터 살폈다. 그러고는 급히 철호를 데리고 집 밖으로 나왔다. 골목 아래 위를 살피며 사람이 없는 것을 확인하고는 빨리 그곳을 벗어 났다. 아빠는 철호를 데리고 마을 어귀에 있는 언덕으로 올라갔다. 아득히 멀리 성내숲이 어슴푸레하게 보였다.

"철호야! 어젯밤 일을 좀 더 자세하게 얘기해 보렴."

아빠 목소리는 착 가라앉아 있었다.

이야기를 다 들은 아빠는 천천히 고개를 끄덕였다.

"예전에도 그런 일이 있었다."

"옛날에도 숲이 울었다고요? 제가 들은 게 분명 나무들이 운 게 맞지요?"

철호는 여전히 긴가민가했다.

"그래, 맞을 거다. 나무 울음, 숲이 함께 울었을 게다. 예전에도 그런 일이 있었다. 마을이 힘들고 어려울 때 숲이 소리를 내어 울면서 사람들을 일깨웠다."

아빠 목소리가 가늘게 떨리고 있었다.

"마을이 힘들 때요? 언제, 어떤 일이?"

철호가 아빠 얼굴을 쳐다보았다. 아빠가 오히려 철호의 눈을 피했다. 아빠 옷자락에서 참나무 마른 잎사귀 소리가 났다.

"나라를 빼앗겼을 때도 그랬다더라. 또 어른들 말로는 해방이 되고 나서 성곡과 성하리가 딱 갈려졌대. 그때도 사람들이 많이 상했다는구나."

"무, 무슨 말씀이세요?"

철호는 도무지 알아들을 수가 없었다. 그래서 아빠에게 되물어 보았지만 아빠는 달리 설명은 해 주지 않은 채 혼잣소리로 중얼거렸다.

"총 앞에서 어쩔 수 없었다더라. 이쪽, 저쪽으로 휩쓸리며 두 마을은 영문도 모르고 원수가 된 게야. 사람들이 많이 상했어."

"아빠 그게 숲이 우는 것과 무슨 상관이에요?"

같은 말이 반복되면서 아빠의 이야기가 흔들리고 있었다. 철호는 얼른 이야기에 끼어들었다.

"그때도 나무가 울었단다. 황소울음처럼 처연한 소리로. …그 뒤에 화해를 했다지만 서로 데면데면해지고 말았단다. 알게 모르게 서로 미워하고 경계하느라 숲으로 가는 일도 뜸해졌지. 그렇게 출입 금지 지역이 된 거야."

"네에!"

철호는 그 말이 선뜻 믿어지지 않았다. 너무나 놀라운 일이었다. 굳어져 있는 아빠 얼굴을 다시 올려다보았다. 그런데 아빠의 얼굴이 조금 전과는 달리 겁에 질려 있었다.

"철호야!"

그제야 철호와 눈을 맞추며 아빠가 낮은 소리로 말을 했다.

"이 일을 아무에게도 말하지 마라. 너는 울음소리를 듣지 못한 거야."

"왜요?"

"두 마을에 무슨 일이 일어나고 있는 게야."

아빠는 뜬금없이 그렇게 중얼거리고는 천천히 언덕을 내려갔다.

"사람 발길 끊은 지 한참 되었으니 못된 짐승들이 들끓을지도 몰라. 숲에 함부로 가지 마라."

안득기, 안 듣기

순호 역시 밤새 잠을 설쳤다.

나무가 울고, 숲이 웅얼대고 있는데 축구 경기를 하는 것은 말도 안 되는 일이라는 생각을 하였다. 그것보다 숲에 들어간 게 들통날 것만 같았다. 출입 금지 지시를 지키지 않은 게 너무나 후회되었다.

'나는 아무 짓도 하지 않은 거야. 숲에는 얼씬도 하지 않은 거야.'

혼자 머리를 쥐어박으며 조용히 지나가기를 빌고 또 빌었다. 그러다가 축구 경기와 숲이 우는 일을 까맣게 지울 궁리를 하였다. 그러자면 눈치챈 것 같은 득기 입부터 막아야 했다.

이튿날 아침, 교실에 들어서자마자 득기부터 찾았다. 가방은 있는데 득기는 보이지 않았다. 마음이 초조해졌다. 운동장으로 나가 보았다. 담벼락 밑에 아이들이 모여 있었다. 그 가운데 득기가 있었다.

순호는 재빨리 그곳으로 달려갔다.

"왜 이렇게 늦었어? 한참 기다렸는데."

득기가 먼저 말을 걸어 왔다.

"나를 기다렸다고?"

"으응. 뺑 샘이 학교 축구팀을 짜 보라고 하셔서…."

"뭐라고! 축구팀? 뺑 샘이 네게 그랬다고?"

저도 모르게 큰 소리가 튀어나왔다. 득기가 이상하다는 얼굴로 쳐다보았다.

"왜, 그래? 뭐 잘못되었어?"

순호는 한발 늦었다는 생각에 가슴이 덜컥 내려앉았다.

"아니, 아니. 다른 이야기는 없었고?"

침을 꼴깍 삼키며 주위를 둘러보았다. 아이들은 순호에게는 관심을 보이지 않았다. 모두 득기에게 몰려 있었다. 빨리 고 선생님을 만나서 축구 경기 계획을 중단시켜야 한다는 생각이 들었다.

교무실로 향했다. 걸음이 자꾸만 앞서갔다.

"샘! 축구 이야기를 득기에게 하면 어쩝니까? 마을 어른들이 알면 난리가 날 텐데."

의자에 깊숙이 앉은 고 선생님은 코를 찡긋거리며 태연스럽게 말했다.

"얌마! 그러면 어른들 모르게 할 수 있다고 생각해? 어림없는 소리 마라."

"샘이 제게 얼마 동안은 어른들 몰래 준비하자고 하셨잖아요."

"생각해 보니 그게 어려울 것 같아서…."

"그렇다면 그 생각을 제게 먼저 말씀해 주셔야지요."

순호는 교무실을 한 번 살폈다. 선생님들이 다른 일을 하고 있었다. 그렇지만 괄괄한 고 선생님의 목소리 때문에 다 들렸다. 다만 모른 척할 뿐이었다.

"네게 미리 말하지 않았다고 불만이야?"

"저어, 목소리 좀 낮추면 안 될까요?"

근처 선생님들 눈치를 살피며 순호가 먼저 목소리를 죽였다.

"얀마, 이제는 내 목소릴 갖고 시비야?"

"아 참, 내 말은 그게 아니잖아요. 처음에 샘이 '성곡학교와 축구 한 번 붙자. 먼저 성곡학교 철호를 만나서 의논해 봐. 어른들께는 얼마 동안 비밀로 하자. 나중에는 내가 알아서 해결할 테니.' 그랬 잖아요."

"그랬지. 근데 그게 뭐 잘못되었어?"

"말 많은 득기에게 다 말해 버리면 어떡해요. 비밀 유지가 어렵잖 아요. 득기가 얼마나 말이 많은지 아직도 모르세요? 득기 말에 엉 뚱한 소문까지 섞이면 어른들이 허락해 주겠어요?"

"나 아무 말도 하지 않았다. 그냥 득기에게 축구팀을 한 번 구성 해 보라고만 했어. 다른 말은 하지 않았어. 근데 왜 그리 방방 뛰고 난리야? 뭔 일이 있었어?"

"어제도 내 뒤를 따라붙더라고요."

"내가 말하는 걸 엿들은 모양이네."

선생님은 그냥 대수롭지 않다는 얼굴이었다.

"아유, 참!…."

순호는 순간 할 말을 잃고 말았다. 고 선생님 속을 알 수가 없었다. 비밀로 하자는 것인지 어른들에게 알리자는 것인지 종잡을 수가 없었다. 생각이 복잡하게 꼬여 갔다.

"얀마, 걱정 말고 가서 선수 선발이나 같이 해."

순호는 선생님의 계획에서 빠져야겠다는 생각으로 돌아서는데 전화기가 울렸다.

"어이, 정 선생! 잘되고 있지?"

'정 선생?'

성곡학교 선생님 전화였다. 순호는 걸음을 멈추고 전화에서 흘러 나오는 소리에 신경을 곤두세웠다. '숲', '울음'이라는 낱말 몇 개가 도드라져 들리는데 확실한 내용은 알 수 없었다. 그러나 그 낱말들이 순호 신경을 곤두서게 만들었다.

"얀마! 가지 말고 이리 와 봐."

고 선생님은 전화를 하면서 한 손으로 순호를 불러 세웠다.

"아이 참, 선생님! 그 '얀마' 소리 하지 마세요. 듣기 싫어요. 제 이름은 순호라고요."

순호는 버럭 짜증을 냈다. 말머리마다 '야 인마'도 아니고 '얀마'

라고 부를 때 느낌이 영 별로였다.

"얀마, 네놈 이름이 순호라는 건 나도 알아."

"그런데 왜 자꾸 얀마라고 해요."

"어쭈, 너 지금 부장 선생님에게 시비 거는 거야? 니가 '샘'이라고 하는 거나 내가 '얀마'라고 하는 거나 뭐가 달라."

피차일반이라는 말이었다. 더 따질 말이 사라지고 말았다. 고 선생님은 말싸움에서 이긴 기분을 만끽하듯 빙글빙글 웃으며 손가락으로 순호 옆구리를 슬쩍 찔렀다.

"아이 참, 하지 마세요."

"얀마! 내게 비밀을 지키지 않는다고 시비 걸더니 비밀은 네놈들이 흘리고 있네."

"무슨 말씀이세요. 비밀을 흘리다니요."

고 선생님은 표정을 바꾸더니 다른 선생님들 눈치를 살폈다. 책상 위에 놓인 책꽂이 밑으로 머리를 낮추고는 손짓으로 순호를 더 가까이 다가오게 했다. 귓속말처럼 작게 속삭였다.

"철호 그 녀석, 이상해진 거 아니야? 숲에서 울음소린가 뭔가를 들었다며 아빠에게 말했는가 봐."

"그래서 어떻게 되었대요?"

순호는 가슴이 덜컥 내려앉았다.

"어떻게 되었을 거 같아. 아빠가 촌장에게 일러바치고, 정 선생에게도 알렸대. 뿐만 아니야. 촌장이라는 그 노인네가 정 선생에게 마을 일에 나서지 말도록 단단히 주의를 주었는가 봐. 정 선생이 자존심이 팍 상해서 전화로 마구 퍼부어 대네."

"그럼 축구 시합은 멀리 간 거라고 봐야겠지요?"

"얀마, 그게 문제야. 서로 오고 간 게 알려지면 공부는 안 가르치고 쓸데없는 짓을 했다고 나와 정 선생이 도마 위에 올라갈 거 같은데."

"그러면 축구 경기는 멀리 갔네요?"

순호는 선생님에게서 그 대답이 나오도록 다그쳤다.

"얀마 너는 축구밖에 생각 안 해. 내가 곤욕을 치르게 되었는데 내 걱정은 안 돼? 그건 그렇고 그 울음소리란 건 또 뭐야, 나무가 울었다는 거 너도 들었어? …거짓말이지?"

순호는 대꾸하지 않고 돌아섰다. 축 처진 어깨 때문에 팔이 더 길어 보였다. 축구는 그렇게 막았다고 하여도 걱정 하나가 남아 있었다. 성곡리에서 숲으로 들어간 일을 알았는데 성하리에도 알려질 게 뻔했다. 서로 오고 가지 않는 두 마을이지만 소문은 잘도 넘나들었다. 순호 모습이 처량해 보였는지 고 선생님이 한마디 했다.

"그래도 다행이잖아. 저쪽은 성곡 촌장 한마디면 꼼짝 못하는 마을이잖아 더 이상 번지지는 않을 거야. 선수 선발이나 해 둬."

"순호! 너는 골키퍼로 넣어 두면 되지? 이 명단도 잘 살펴봐. 선생님이 네게 꼭 보이라고 하셨어."

득기와 아이들이 순호 자리로 모여 왔다. 순호의 대답을 기다리며 한마디씩 했다.

"어느 학교와 붙는 거야?"

"오늘부터 연습하는 거야?"

명단이 적힌 종이를 뒤집어 두고 순호는 득기를 구석진 쪽으로 데리고 갔다.

"뺑 샘이 네게 뭐라고 했어?"

"응. 그냥 축구팀 짜 보라고."

"그 말뿐이었어?"

득기는 고개를 끄덕이며 무엇이 잘못되었느냐는 얼굴을 하였다.

"진짜야? 다른 말은…. 아니, 아니야."

순호 눈동자와 말이 허둥거리고 있었다.

"너 어디 아파? 좀 이상해. 뭔가 숨기고 있는 거지?"

눈치 빠른 득기가 고양이 눈을 하고는 순호의 눈빛을 읽으려 들었다.

"더 이상 알려고 하지 마. 다쳐."

순호가 우스개로 경고했지만 득기는 호락호락 물러서지 않았다.

"너, 내 안테나를 몰라? 그 어떤 기밀도 피해 갈 수는 없어."

"맘대로 해."

득기와 길게 이야기할수록 득 될 게 없다는 생각이 들었다. 바로 자리로 돌아왔지만 득기의 눈빛이 영 찜찜했다.

번지는 소문

점심시간.

정다운 선생님이 식판을 들고 철호 앞에 앉았다. 철호는 반찬을 집으려다 멈추고는 정 선생님을 바라보았다.

"계속 먹어."

"예, 예."

철호는 다시 젓가락질을 했다. 밥을 다 먹고 일어서려는데 정 선생님이 손짓했다.

"기다려. 나도 다 먹어 가니까 내 식판도 같이 치워 줘."

"아, 예, 예."

정 선생님은 재빨리 남은 음식을 모아서 한꺼번에 먹고는 식판을 철호 앞으로 밀었다.

"가져다 놓고 이리 와."

"다시 오라고요?"

선생님은 고개를 두어 번 크게 끄덕였다. 할 말이 있는 게 분명했다. 식판을 두고 오는 사이에 식당은 텅 비었다. 정 선생님은 처음 자리에 그대로 앉아 있었다.

"엊저녁에 무슨 일이 있었지?"

정 선생님은 잔잔하게 웃으며 철호를 지그시 바라보았다. '둘러대지 말고, 솔직히 말해 봐.' 그런 표정이었다.

"…"

대답 대신 아빠가 한 말을 떠올렸다.

'이 이야기를 아무에게도 하지 마라. 숲에도 가지 말고.'

선생님도 물러서지 않았다. 철호 옆으로 자리를 옮겨 앉으며 어깨에 손을 얹었다.

"아빠가 오셨더라. 숲이 울고 어쩌구 하면서 축구는 없었던 걸로 해 달라고."

"아빠가요?"

"그래. 나만 알고 있을 테니까. 아빠가 왜 그런 말을 하시는지 알고 싶다. 그래야 축구 경기를 진행할 것인가, 아빠 말대로 없었던 걸로 할 것인가를 판단할 거잖아. 어때? 혼자 고민 말고 털어놔 봐."

철호는 꼭꼭 잠가 두었던 비밀의 문을 열 수밖에 없었다.

"어제 저녁에 숲이 울었어요. 똑똑히 들었어요. 나만 들은 게 아니라 순호도 같이 있었으니까 잘못 들은 게 아니에요."

"그래, 그래. 나는 네 말 믿어. 그다음에 어떻게 했어."

"너무 무서워서 아빠에게 말했더니 성곡 촌장에게 말하게 되었고요. 아빠 말이 예전에도 숲이 울었대요."

선생님은 철호 어깨에서 팔을 내리며 고개를 천천히 끄덕였다. 생각을 정리하고 있었다.

"예전에도 그런 적이 있다고? 그렇다면 숲이 운다는 게 거짓은 아니겠구나. 좀 더 자세히 이야기해 보렴. 언제 울었으며, 그때 마을에서는 어떤 일이 있었대? 아빠가 내게 온 것을 보면 그냥 넘기지는 않을 것 같더라."

철호는 아빠가 들려준 이야기와 간밤에 있었던 일을 정 선생님에게 이야기했다. 이야기를 다 들은 정 선생님은 턱을 만지며 생각에 잠겼다.

"두 마을에 어려움이 닥치려고 할 때 숲이 미리 울었다는 말인데… 그렇다면 참 이상하네. 지금 숲이 우는 이유는 무얼까? 너 혹시 짐작 가는 게 있어?"

정 선생님이 철호 눈을 똑바로 바라보았다.

"글쎄요. 생각나는 게 없어요. 마을에는 아무 일도 없거든요."

철호가 뜨악한 얼굴을 했다.

"아빠가 숲이 울었다는 걸 비밀로 하라고 하셨다는 말이지? 그러면 아빠는 그 이유를 알고 있는 게 아닐까?"

정 선생님은 천장을 쳐다보며 혼잣말처럼 중얼거렸다.

"……."

철호는 달리 대답할 말이 없었다. 생각나는 게 아무것도 없었다. 참으로 답답했다.

"짐작 가는 것도 없어?"

"없는데요."

점심시간 끝나는 음악이 들렸다.

"샘, 저 수업 가도 돼요?"

"으응, 가. 잠깐, 우리가 나눈 이야기도 당분간 비밀로 하는 게 좋겠다. 내가 좀 더 생각해 보고 널 다시 부르마. 너도 한번 잘 생각해 봐."

점점 비밀로 해야 할 일이 많아지고 있는 느낌이었다. 따지고 보면 비밀이 될 만한 일도 없었다. 철호는 식당을 나가다 말고 정 선생님을 돌아보았다.

"축구 경기는 할 수 있었으면 좋겠어요."

정 선생님이 퍼뜩 표정을 밝게 바꾸며 한 손을 번쩍 쳐들었다.

"그래, 같이 고민해 보자."

고성만 선생님

"샘! 전화 좀 빌려주세요. 철호와 통화 한 번 할 게요."

"네 것은 어떡했어?"

"내 전화로 하면 통화 기록이 남잖아요. 아빠에게 들킬 수 있으니까요."

"얀마! 아빠를 속여 먹겠단 말이야?"

고 선생님이 순호를 째려보았다.

"아이쿠 샘도 참, 그걸 어떻게 속여 먹는다고 말하세요. 평화로운 부자관계 유지를 위해서랍니다."

"말은 비단같이 한다. 철호에게 전화해서 어쩌려고?"

선생님은 번호를 누른 뒤에 전화기를 넘겨주었다.

신호음이 두어 차례 울리다가 전화가 연결되었다.

"여보세요. 철호야!"

그런데 전화기에서 흘러나오는 목소리는 여자였다.

"철호 전화 아녜요?"

순호가 전화기에서 귀를 떼며 고 선생님을 건너다보았다.

"얀마! 정 선생 전화야."

"내가 철호와 통화하고 싶다고 했잖아요. 그런데…"

그 사이, 전화기 너머에서는 정 선생님이 철호를 부르는 소리가 들렸다. 그런데 전화기는 여전히 정 선생님이 잡고 있는 모양이었다.

"너 순호 맞지? 그렇잖아도 네게 전화를 하려고 했는데 마침 잘 됐다. 내가 도무지 이해할 수 없는 것이 왜, 숲으로 가는 길을 막아 놓고, 어른들끼리 쉬쉬하느냐고, 또 너희들 만나는 것까지 막고 나서는데. 그쪽 마을도 그래?"

순호는 철호에게 성곡리 소식을 물어보려는데 정 선생님이 틈도 주지 않고 물어 댔다.

"어른들 일이라서 저는 잘 몰라요."

"뭐라고? 모른다고? 두 녀석이 똑같은 말을 하고 있네. 네가 몰래 숲에 다녀왔는데 그쪽은 아무 일이 없단 말이야?"

"저는 아직 아빠에게 말하지 않았거든요."

"그러면 말이야 아빠 만나 보고 전화해 줘. 아니, 아니 전화하기 불편하니까 직접 만나서 이야기하자고. 나도 숲이 도대체 어떻게 생겼는지 궁금한데 이따가 그 숲으로 나와 거기가 성곡과 성하 중간

지점이잖아. 아, 또 지금 옆에 있는 고 선생도 데리고 나와. 나를 이 곤란한 구덩이에 빠뜨린 사람이니까. 꼭 나타나야 한다고 전해 줘. 철호도 데리고 갈게."

그러고는 대답도 기다리지 않고 전화를 끊어 버렸다. 전화기 너머 소리를 곁에서 다 들은 고 선생님이 풀썩 웃으며 말했다.

"하여튼 제멋대로야. 자기 할 말만 따르륵 해 버리고는 찰칵. 나는 안 갈 거니까."

"샘도 같이 오라고 했는데요. 곤란한 구덩이에 빠뜨린 사람이라고."

고 선생님은 의자를 돌려 앉았다.

"나는 약속이 있어. 여러분들끼리 만나서 잘 해결해 보세요."

"약속이 몇 시예요?"

순호도 썩 내키지 않았다. 이 일에서 정말 빠져나오고 싶었다. 더구나 정 선생님과 만남은 영 어색할 거 같았다.

"그건 알아서 뭐 하게?"

순호가 불만 가득한 목소리로 말했다.

"같이 가자고요."

고 선생님이 버럭 소리치며 의자를 다시 돌렸다.

"얌마! 너희 아빠와 약속이야. 그 약속 취소해? 취소할까?"

"울 아빠가 만나재요?"

"아니, 내가 만나자고 했어?"

"그러면 약속 끝나고 가면 되겠네요."

끈질기게 늘어지자 고 선생님이 말을 잇지 않고 순호를 물끄러미 바라보았다. 기가 막힌다는 얼굴이었다.

고 선생님이 퇴근길에 순호 집에 들렀다. 순호는 선생님이 아빠와 이야기가 끝나기를 초조하게 기다렸다. 이야기를 엿들으려고 애를 썼지만 잘 들리지 않았다. 한 시간 남짓 이야기를 나누던 선생님이 방을 나왔다. 아빠가 대문까지 따라 나와서 배웅을 하였다. 순호가 슬그머니 따라 나섰다.

"넌 어디 가려고?"

"선생님 배웅하려고요."

고 선생님이 돌아보며 무슨 말을 하려다 씨익 웃고 말았다.

제법 어두워져 있었다.

포장도로에서 벗어나 옛 산길로 접어들면서 고 선생님이 투덜거렸다.

"끈질긴 놈!"

순호도 지지 않았다.

"날 탓하지 마시고 정 선생님께 따지세요. 울 아빠와 무슨 이야기 했어요?"

"그걸 너한테 보고해야 되냐?"

순호는 대꾸하지 않았다. 고 선생님이 빙글빙글 놀리고 있었기 때문이었다. 이럴 때 약 오르면 오히려 말려든다는 것을 순호는 잘 알고 있었다. 말하지 않으면서 고 선생님을 안달 나게 만들 생각이었다. 성내숲까지는 한참 동안 걸어야 할 길이었다. 그래서 시간은 많았다. 얼마간 시간이 지나자 답답해진 고 선생님이 순호 표정을 살폈다. 순호는 선생님 곁에서 묵묵히 걷기만 했다. 사람이 다니지 않는 사이에 길은 완전히 풀밭이 되어 있었다. 마른 풀잎이 바짓가랑이에 스치며 바람 소리를 만들었다.

"너 말 안 할 거야?"

"제가 무슨 말을요?"

순호는 시큰둥하게 대꾸했다.

"네 아빠가 무슨 말을 했느냐고 물었잖아."

고 선생님이 거꾸로 말을 걸어 왔다.

"그랬지요. 그런데 샘이 짜증을 냈잖아요."

"햐아, 그 녀석 참. 내가 졌다. 졌어."

"우리가 언제 게임했어요?"

약이 오른 건 고 선생님이었다.

"됐어, 됐어. 네 아빠도 숲이 운다는 소문을 알고 계시더라. 아이들이 혹시라도 호기심에 숲으로 가는 일이 없도록 단속해 달라는 부탁이었다. 됐냐?"

순호는 다른 말을 하지 않았다. 숲이 울고 있다는 소문이 마을을 돌고 있는 모양이었다. 어른들 단속이 더욱 심해질 거라는 생각을 했다. 될수록 빨리 이 일에서 빠져나가야 하는데 정 선생님의 말처럼 점점 곤란한 구덩이로 빠져들어 가는 느낌이었다.

"이것 참, 그냥 축구 한판 하려다가 이상한 데로 빠지는 것 아니야?"

고 선생님이 혼자서 투덜댔다. 순호도 같은 기분이었다.

'괜한 일에 끼어들어서… 골치 아픈 일은 딱 질색인데.'

순호는 같이 걷고 있는 고 선생님을 째려보았다.

두 번째 울음

"왜, 이제 와? 한참 기다렸잖아."

정 선생님이 파르르 화를 냈다.

"뺑 샘이 미리 한 약속이 있었어요."

"그러면 그렇다고 미리 전화를 해야지. 이 밤에, 이상한 소문까지 있는 숲에서, 이렇게 기다리게 만들어야 해?"

고 선생님을 향해 따지고 들었다.

"뭔 소리야. 언제 나와 만나자는 약속이나 했어?"

고 선생님이 넌지시 어깃장을 놓았다.

"아까 전화했잖아. 왜, 또 딴소리야."

"일방적으로 만나자고 그랬지. 나는 대답한 적 없어. 더구나 언제 만나자는 말도 없었잖아."

"아이쿠 답답해. 고 선배하고 말을 하다가는 내가 돌겠어. 아, 아
됐고. 옛날부터 이어 오던 축구 경기가 중단되고, 두 마을이 이렇게
꼬이게 된 이유가 뭔지 그것이나 말해 봐. 마음에 안 들면 나는 바
로 손을 떼겠어. 누가 말할 거야. 고 선배? 철호? 순호?"

고 선생님은 다그치는 정 선생님의 손을 끌고 당산나무 밑으로
가서 앉았다.

"숨 넘어가겠네. 여기 앉아. 천천히 여유를 좀 갖자고."

너스레를 떨자 다시 정 선생님이 발끈했다.

"밤이 깊어지기 전에 돌아가야지. 여유 부릴 시간이 어디 있다고
그래?"

"제가 말할 게요."

묵묵히 서 있던 철호가 말을 꺼냈다.

"우리 입향조께서 두 아들을 두셨는데 두 아들이 산과 바다로
나누어져서 가정을 꾸리고, 세월이 지나면서 점점 불어나서 성곡과
성하마을이 되었대요. 형제 마을인 셈이지요. 그렇게 인정 있게 지
내 오다가…."

순호가 이야기를 이어 갔다. 두 아이는 번갈아 가며 두 마을이
서로 원수처럼 나누어지게 된 이야기까지 풀어 놓았다.

"역사책이네."

다 듣고 난 정 선생님이 당산나무를 올려다보았다.

"지금부터는 정다운 선생님답게. 목소리를 좀 정답게 해."

"딴소리 말고. 선배가 축구 이야기를 꺼낸 이유를 좀 알겠어. 그렇다면 좋은 방법까지 내놔야지. 큰소리만 뻥뻥 치지 말고 어서 말해 봐."

"내 딴엔 좋은 일 한 번 해 보려고 했는데 어쩌다 일이 꼬여 버렸는데 어쨌든. 내가 다 알아서 할 테니까 걱정들 붙들어 매."

"아유, 또, 또 말만 뻥뻥 질러 대는 거 봐. 구체적으로 뭘 어떻게 하겠다. 이런 방법을 내놓으라고."

"쉿, 가만, 가만!"

철호가 허리를 낮추며 숲 밖을 살폈다. 발소리가 들려왔다. 철호와 순호가 재빨리 숲속으로 몸을 숨겼다. 정 선생님도 그 뒤를 따랐다.

한 사람이 어둠 속에서 당산나무 쪽으로 다가왔다.

"어, 우리 아빠다!"

철호가 작게 말했다.

"쉿!"

고 선생님은 더욱 몸을 낮추었다.

철호 아빠는 당산나무를 쓰다듬더니 당집 안을 들여다보았다. 한참 동안 그렇게 서 있었다. 한 발 뒤로 물러서서 지붕을 쳐다보았다. 기왓장이 떨어져 나간 지붕을 확인하는 것 같았다. 그러고는 천천히 문짝과 벽을 짚어 가며 당집을 한 바퀴 돌았다. 다시 문 앞으로 와서는 손바닥을 마주치며 손에 묻은 흙먼지를 떨어냈다.

"누군가 했더니 철호 아빠 아닌가?"

그때 또 한 사람이 어둠 속에서 불쑥 나타났다.

"우리 아빠예요."

순호가 낮게 부르짖었다.

"싸우면 어쩌지?"

철호가 걱정스레 중얼거렸다. 그러자 정 선생님이 속삭였다.

"신경 쓰지 마. 싸움도 보는 사람이 있어야 벌어지는 거야. 단둘이서는 싸우지 않아. 그게 사람들이 가지는 묘한 심리야."

"아이쿠, 심리 전문가 나오셨네. 내기할까? 나는 '싸운다'에 한 표."

아무도 반응하지 않자 머쓱해진 고 선생님이 입맛을 쩝쩝 다셨다.

"가만 좀 있어 봐. 두 분이 뭐라고 말을 하고 있잖아."

정 선생님이 핀잔을 주었다. 모두들 가만히 귀를 기울였다.

"여기는 웬일이야? 이쪽으로는 아예 외면하고 사는 줄 알았는데."

철호 아빠의 말에 날이 서 있었다.

"그러는 자네는 이 밤에 무슨 일로 여기 왔는가?"

"나야 무슨 일로 왔던 상관할 일이 아니지. 그래, 형제를 외면하고 배불리 먹고, 잘사니까 좋지?"

철호 아빠 말투가 영 시비조였다.

"듣기가 좀 거북하구먼."

"가난하게 살다 보니 듣고 보는 게 없어서 그러네. 그쪽은 많이 배운 사람들과 어울려 살아가니까 우리와는 말부터 다를 거야."

"정말 이럴 건가? 못 먹어 창자가 꼬인 건가, 사람이 꼬인 건가, 말이 왜 그 모양인가?"

둘은 마주 보며 으르렁거렸다. 곧 주먹이 튀어나갈 것만 같았다.

"아유, 조마조마해 죽겠네."

순호가 달려 나가려고 하였다.

"걱정 마. 저러다 말 거야."

정 선생님이 순호의 옷자락을 잡아당겼다.

"말 잘했네. 우리는 못 먹어서 창자도 꼬이고, 생각도 꼬이고 마음도 꼬였네."

"나 원 참, 더 듣고 있을 수가 없네."

순호 아빠는 두 주먹을 부르르 떨다가 사람 대신 발 앞에 있는 덤불을 냅다 차 버렸다. 어두워서 몰랐는데 발길에 채여 날아가는 게 공이었다.

두 사람은 멍한 눈길로 어둠 속으로 날아간 공을 좇았다. 어둠 속에서 나무둥치와 부딪치는 소리가 나더니 공은 다시 되돌아와서 가까운 나무 밑으로 쭈르르 굴러가서 멈추었다.

"아니, 저건?"

철호 아빠가 주춤주춤 공을 향해 다가갔다. 늘 철호가 끼고 다니던 바로 그 축구공이었다. 공을 집어 들고 이리저리 살피다가 숲을 둘러보았다.

"아이들이 또 여기 왔단 말인가?"

"무슨 말이야, 아이들이 여기 왔다니?"

"이 공은 철호 거야. 어제도 이곳에 와서 나무 울음을 들었다고 했는데….'

철호 아빠가 어둠이 내려앉은 나무 사이를 두리번거렸다.

"나도 숲이 운다기에 찾아왔다네. 그럼 우리 순호도 왔다는 거야?"

"둘이서 무슨 일을 꾸미고 있는 게 틀림없어."

그러자 순호 아빠가 고개를 가로저었다.

"둘만이 아닌 거 같아. 오늘 성하학교 고 선생을 만났어. 이야기 끝에 두 마을에 대하여 이것저것을 캐물었다네."

"그래? 그렇잖아도 이상한 소문이 떠돌아서 신경이 쓰였는데. 도대체 무슨 일을 벌이고 있는 걸까?"

두 사람은 숲을 뒤지기 시작했다.

"들켜서 나가나 스스로 나가나 매한가지 같아요."

철호가 벌떡 일어섰다.

"그래 그건 네 말이 맞다. 철호 아빠! 자수요, 자수."

정 선생님이 옷매무새를 고치며 앞으로 나갔다. 순호와 고 선생님도 멋쩍은 얼굴로 주춤주춤 앞으로 나갔다.

"아니, 어쩌자고…."

어둠 속에서 걸어 나오는 네 사람을 본 철호 아빠와 순호 아빠는 입을 다물지 못했다.

"아이쿠, 이런 순호 아빠! 또 만났네요. 순호하고 할 이야기가 있어서 걷다 보니 여기까지 오게 되었답니다."

고 선생님이 얼렁뚱땅 넘어가려고 너스레를 떨었다.

"고 선배! 지금 무슨 말을 하는 거야? 쓸데없는 소리 말고 두 분을 이렇게 한자리에서 만나기도 힘들 텐데 잘되었어요. 싸움은 대충 끝이 났지요?"

정 선생님이 두 사람 사이에 들어가 섰다. 아이들을 나무라려던 순호 아빠가 멈칫하며 한 걸음 물러섰다.

"이야기 다 들었어요. 밤도 깊어 가는데 여러 말 늘어놓지 않고 바로 말할 게요. 두 마을이 서로 나누어져 살아 보니까 어때요? 마음 편하고 좋아요?"

정 선생님이 두 사람을 번갈아보며 따지듯 물었다.

"아니 지금 무슨 말씀을 하시려는 겁니까?"

순호 아빠가 되물었다. 철호 아빠는 이미 아침에 만나서 대충 이야기를 나누었기 때문에 고개를 돌리며 딴전을 피웠다.

"순호 아빠! 내가 말씀드리는 뜻을 정녕 모르시겠다 이 말씀입니까?"

"정 선생! 너무 나가는 것 같아. 차근차근 순서를 밟아 가는 게…."

고 선생님이 슬쩍 끼어들며 정 성생님을 말렸다.

그 사이에 화가 나 있던 순호 아빠가 따지고 들었다.

"무슨 말씀을 하시려는지 몰라도 조금 예의가 없어 보입니다."

"예, 제 말투가 예의 없게 들리셨다면 사과드리겠습니다. 이 아이들이 어제도, 오늘도 이 밤중에 숲을 들락거리며 고민하는 게 무엇인지 아십니까?"

"그건 또 무슨 말씀입니까? 아이들이 숲을 들락거리고, 고민하다니요?"

"숲이 울고 있답니다. 숲이 울면 마을에 변괴가 있다는 옛 이야기를 새겨 봐야지요."

그 말에 순호 아빠가 조금 주춤댔다.

"나도 그게 걱정이 되어서 이렇게 왔습니다. 그 점은 제가 단단히 주의를 주겠습니다. 다시는 이 위험한 숲에는 접근하지 않도록 하겠습니다."

"순호 아빠! 제 말은 그게 아니잖아요. 아이들은 지금 오랫동안 끊어진 두 마을의 축구 경기를 이어 보자고 나선 겁니다. 그러다가 숲이 우는 걸 들은 거예요."

두 사람의 이야기가 약간 빗나가는가 싶었는데 정 선생님이 축구 이야기를 꺼내고 말았다. 순호는 얼굴을 감싸며 주저앉았다. 터질 것이 기어이 터진 것이었다.

"뭐라고요!"

순호 아빠가 버럭 소리를 질렀다.

철호 아빠가 두 사람이 벌이는 시비 사이에 끼어들었다.

"축구는 안 된다고 내가 말씀드렸잖아요. 어른들과 의논 한마디 없이 이런 일을 벌인다는 게 도무지 이해가 되지 않군요. 아이들을 앞세워 마을의 결정을 흔들어 놓으려는 의도가 도대체 무엇입니까? 우리 두 마을의 문제에 끼어들지 마세요."

순호 아빠는 더 이상 말하고 싶지 않다는 듯 정 선생님을 외면했다.

"순호야! 이리 와. 얼른 내려가자."

순호 아빠가 순호를 향해 무섭게 말했다.

"철호야! 우리도 가자. 정 선생님, 축구 경기를 못 하는 이유도 대충 알고 계신 것 같군요. 다시 말씀드리지만 두 마을 일에는 더 이상 참견하지 않으시는 게 좋을 겁니다."

철호 아빠는 마지막 경고처럼 말하고는 돌아섰다. 뒤질세라 순호 아빠도 숲을 빠져나갔다. 철호와 순호는 아빠와 선생님 사이에서 어찌할 바를 몰라 쩔쩔매고 있었다.

그때였다. 당산나무 가지가 가늘게 떨렸다. 마침 지나가던 바람이 나뭇가지들을 으스스 흔들었다. 그 바람결을 따라 흐느낌이 일어나기 시작했다. 흐느낌은 묘한 파장을 일으키며 나무와 나무를 흔들었다. 낮고 깊은 울음소리는 안개처럼 숲을 덮어 나갔다.

고 선생님이 당산나무에서 비켜서며 비틀거렸다. 정 선생님은 그 자리에 털썩 주저앉았다. 순호와 철호도 비칠비칠 당집 추녀 밑으로 달아나서 납작 엎드렸다.

소리가 어디서 나는지 종잡을 수가 없었다. 울음소리는 점점 큰 울림으로 변하더니 온 숲이 울먹거리기 시작하였다. 저만큼 숲을 빠져나가던 철호 아빠와 순호 아빠도 뻣뻣한 나무 등걸이 되어 서 있었다. 모두 정신이 나가 버렸다.

크리에이터

얼마나 지났을까. 소리는 서서히 잦아들었다. 소리가 잦아들면서
그동안 보이지 않던 불빛들이 숲을 휘감아 돌고 있었다.

"괴물이 덮쳐 오고 있어요. 괴물."

득기였다. 혼이 반쯤 나간 모습으로 숲 가운데서 튀어나왔다.

"아니, 이건 또 뭐야?"

고 선생님이 기겁을 하며 외마디 비명을 질렀다.

"누, 누구야?"

정 선생님은 놀란 눈으로 득기를 경계하였다.

"야! 드, 득기야. 여기는 어떻게 왔어?"

순호가 엉금엉금 기어 나오며 소리를 질렀다.

득기의 카메라는 공포에 질린 득기와 상관없이 돌아가고 있었다.

"얘, 너 지금 뭐 하고 있는 거야?"

간신히 정신을 가다듬은 정 선생님이 불안한 눈으로 득기가 하는 짓을 살폈다. 득기도 무서움에서 조금씩 벗어나면서 입이 풀렸다.

"무섭고 놀라운 일이에요. 숲에 괴, 괴물이 사는 게 틀림없어요."

"얘, 그 괴물 소리 하지 마."

정 선생님이 손을 내저었다. 진정되지 않는 가슴을 손바닥으로 두드려 댔다. 그 모습을 본 고 선생님이 득기 입을 틀어막고는 나무 밑에 앉혔다. 날아다니던 빛들도 사라져 갔다. 놀란 가슴들도 차츰 가라앉았다.

"얀마, 너는 어떻게 알고 왔어?"

"내가 눈치 백단입니다. 샘과 순호가 비밀스레 나누는 이야기를 들었지요. 몰래 들은 게 아니라 샘 목소리가 워낙 컸으니까요. 유튜브 방송거리를 하나 건졌다고 생각했지요. 중계방송을 해야 효과적인데 장비를 챙겨 오지 못해서 정말 아까워요. 아까워."

득기는 찍은 영상을 재생해 보이면서 혼자서 떠들어 댔다. 그러나 목소리는 아직 떨리고 있었다.

"너, 숲이 우는 영상을 유튜브에 올리겠다는 말이야?"

"그럼요 조회 수를 올리는데 이만한 게 없지요. 괴기스러운 울음소리 녹음은 잘되었을 거예요."

득기는 들떠 있었다.

"야, 안 돼!"

순호가 바락 소리를 질렀다. 걱정하던 일이 턱밑에 닥친 기분이었다. 순호는 다른 사람들에게 소문이 번져 나가는 게 두려웠다. 득기의 계획을 막아야 한다는 생각뿐이었다. 재빨리 달려와서 득기 카메라를 빼앗으려고 하였다. 그러나 쉽게 빼앗을 수가 없었다. 득기는 순호의 손을 이리저리 피하다 카메라를 재빨리 가방에 넣어 버렸다. 순호는 약이 오를 대로 올랐다. 저도 모르게 득기의 턱을 향해 주먹을 날렸다. 득기는 그대로 나가떨어졌다. 나뒹굴면서도 한사코 가방을 끌어안았다.

"순호야, 무슨 짓이야!"

이를 본 고 선생님이 고함을 쳤다. 순간 정신을 차린 순호가 멍하니 자기 주먹을 보았다.

"친구를 치다니, 못난 놈 같으니라고. 네가 지금 무슨 짓을 저질렀는지 알아?"

그 사이에 득기는 가방을 끌어안고 어둠 속으로 사라졌다.

순호의 주먹이 힘없이 아래로 떨어졌다. 주먹과 함께 다리에도 힘이 풀려 바닥에 주저앉고 말았다. 잘못을 덮으려고 친구에게 폭력을 휘두른 것이었다. 비겁한 짓이었다. 그런데 일단은 득기를 막아야 한다는 생각이 다시 송곳처럼 고개를 쳐들었다. 고 선생님을 향해 씩씩대며 대들었다.

"샘, 저 녀석을 가만두시렵니까? 저 녀석이 바로 유튜브에 올릴 텐데 그러면 나와 선생님은 마을에서 어떻게 될까요?"

"가만두어야지. 올리고 올리지 않고는 득기의 선택이야. 어느 누구도 득기의 그 권리를 막을 수는 없어."

고 선생님은 오히려 순호를 나무라고 있었다.

"선택이나 권리를 따질 때예요 지금? 득기 문제만큼은 선생님이 책임져야 한다고요. 비밀을 선생님이 흘린 거나 마찬가지예요."

순호는 책임을 선생님에게 떠넘기려고 억지를 부렸다.

"어떡하겠어. 마을에서 알게 되어도 어쩔 수 없지 뭐."

"그렇게 미지근하게 말하지 말고 선배가 해결해. 나하고 철호는 갈 테니까 성하리 쪽 문제는 그쪽에서 해결해. 질질 끌지 말고, 알았지?"

정 선생님은 아주 쌀쌀하게 말을 내뱉어 버리고는 철호를 데리고 숲을 빠져나갔다.

"아이쿠 무서워라. 저 모습 봐라. 어이, 정다운! 이름만 정다운이지 성질은 쌀쌀맞기 짝이 없지."

고 선생님이 이미 어둠 속으로 사라진 정 선생님을 향해 한참 동안 빈정거렸다.

"순호야! 빨리 와. 거기서 왜, 자꾸 꾸물대냐?"

아빠가 멀리서 소리쳤다.

"샘이 이 일을 책임지세요."

순호도 짜증스럽게 말을 뱉고는 재빨리 자리를 떴다. 고 선생님만 어두운 숲속에 버려지듯이 남겨졌다.

"저 녀석 봐라. 사람이 어떻게 저렇게 변했지?"

고 선생님이 생각하여도 순호는 너무나 변해 있었다.

"철호야!"

철호와 정 선생님이 숲을 벗어나자, 철호 아빠가 어둠 속에서 나타났다. 기다리고 있었던 모양이었다.

"아, 아빠!"

"먼저 가신 거 아니었어요?"

정 선생님은 놀라움보다 반가운 마음이 앞섰다.

"걱정돼서요."

"아들 바보이신 모양입니다."

정 선생님이 슬쩍 우스개를 했다.

"숲 분위기가 심상치 않아서요."

그 말에 철호도, 선생님도 다른 말을 하지 않았다.

마을 가까이 왔을 때였다.

"예전에도 이런 일이 있었다고요?"

궁금증을 견디다 못한 정 선생님이 넌지시 물었다.

"예에."

"울음과 불빛, 숲에는 우리가 알지 못하는 생명체들이 살고 있는 게 분명해요. 그들이 우리들에게 무슨 신호를 보내는 게 틀림없어요."

"신호는 무슨…."

선생님의 걱정스러운 말에 아빠는 대답을 짧게 끊었다. 이 일을 조용히 덮고 싶은 아빠의 속마음이 그대로 보였다.

"아니요. 모르는 척 덮을 일이 아닌 것 같아요."

"철호야!"

아빠는 선생님의 이야기에 끌려가고 싶지 않았다. 그래서 철호에게 말머리를 돌렸다.

"어른들이 알아서 해결할 테니 축구는 여기서 끝내라. 위험하다. 당분간 숲에는 가지 않는 게 좋겠다. 오랫동안 비워 둔 숲이라서 위험한 짐승들이 들끓고 있을지도 모를 일이야. 위험해."

"가지 않는다고 숲이 울음을 그칠까요?"

선생님 고집도 만만치 않았다. 다시 이야기 끝을 물고 늘어졌다.

"알아서 한다잖소. 선생님! 그쯤 합시다."

"축구 경기는 할 겁니다. 꼭 숲에서 할 겁니다."

선생님이 마치 악을 쓰듯 크게 소리를 질렀다.

아빠는 우뚝 멈추어 서더니 정 선생님을 한참 동안 노려보았다. 두 사람의 눈빛이 날카롭게 부딪혔다.

"아빠! 그만 가세요."

불안해진 철호가 두 사람 사이에 끼어들었다. 목소리가 떨리고 있었다.

"이쯤서 축구든, 숲이든 그만해 주세요."

아빠 목소리에도 날이 서 있었다.

"샘도 들어가세요."

철호가 아빠와 선생님을 떼놓으려고 서둘러 인사를 했다.

"그래, 내일 보자."

기어이 일이 터지고 말았다. 득기가 어둠 속에서 반짝이는 불빛과 바람을 타고 흔들리는 나뭇가지와 언뜻언뜻 터져 나오는 울음소리를 유튜브에 올렸다. 눈 깜짝할 사이에 댓글들이 따라붙으며 숲의 이야기가 퍼져 나갔다. 득기는 궁금증을 더하기 위하여 어설픈 동영상을 올려 두고는 간단하게 〈울고 있는 숲〉이라는 설명만 달았다. 어설픈 영상은 사람들의 호기심을 더욱 자극했다.

순호는 댓글 대신 득기에게 전화를 했다.

"너 어쩌자고 이런 일을 벌이는 거야?"

득기는 오히려 태연했다.

"뭐가 어째서? 우리가 사는 곳에 이상한 일이 벌어지고 있다는 것을 널리 알려야 하는 거 아니야? 그리고 태연하게 전화할 마음이 생기냐? 네가 한 일에 대하여 먼저 사과부터 하는 게 맞는 거 아니야?"

순호는 잠깐 말을 끊었다. 온갖 생각이 머릿속을 휘돌았다.

"그래, 미안하다. 내가 잘못했어, 그때는 정말 내 정신이 아니었어. 용서해 줘."

진심으로 사과를 하였다. 정말 제정신이 아니었던 게 틀림없었다. 가만히 듣고 있던 득기가 천천히 대꾸했다.

"사과를 해 줘서 고마워. 나도 네가 그런 사람이 아니란 걸 알아. 우리가 숲이 우는 바람에 정신이 나갔던가 봐. 내가 좀 더 이야기 할게. 숲이 울다니 너는 믿을 수 있어? 과학적으로 증명할 수 있냐고, 아니면 전설처럼 진짜 마을에 무슨 일이 일어나고 있는 것을 알려 주는 것일까? 너도, 나도 알 수가 없잖아. 이럴 때는 널리 알리고, 함께 원인을 찾아보는 게 좋다고 생각해."

"뭐라고, 널리?"

"그래애, 우리 마을 곁에 그런 숲이 있다니 이 얼마나 신기한 일이냐. 근데 진짜 괴물들이 사는 게 맞는 것일까? 너도 직접 그 울음소리를 들었잖아. 그런데 말이야, 이 과학 세상에서 괴물이라니 좀 이상하지 않아?"

득기는 혼자 신이 나서 떠들어 댔다. 그럴수록 순호는 속이 탔다.

"자꾸 괴물, 괴물… 이상한 소문 만들지 말고 잠자코 있어!"

순호는 전화를 끊어 버렸다. 득기 입을 막을 수 없겠다는 생각이 들었다. 그렇다고 가만히 앉아 있을 수도 없었다. 고 선생님에게 전화를 걸었다.

"샘! 괴물 어쩌고 하면서 설쳐 대는 득기 좀 말려 주세요."

"나만 두고 갈 때는 언제고, 이제 답답해지니까 전활 해? 숲에서 괴물이 운다는 거 믿을 사람 아무도 없다. 과학적으로 가능하지 않은 일인데 사람들이 믿겠어? 걱정 마, 걱정 말라고. 걔 동영상 누가 믿겠냐. 아무도 안 믿어. 지난번에도 뻥치다 탄로 난 일 있잖아. 걱정 말고 네 아빠 고집이나 꺾어 둬."

선생님은 또 큰소리를 뺑뺑 쳐 댔다.

"큰소리만 치시지 말고 걔 좀 어떻게 해 보세요."

"얀마, 말린다고 들을 놈이야? 그 녀석 이름이 뭐냐?"

"안득기요."

"이름 그대로 안 듣기잖아 남의 말 안 듣기! 똑같이 남의 말 안 듣는 네 아빠 고집이나 꺾으라니깐."

"아하 참."

'안득기' '안 듣기' 몇 번 중얼거리다가 순호는 한숨을 내쉬고는 전화를 끊었다.

도무지 믿을 수 없는 사람들뿐이었다. 마음만 찜찜하였다. 그리고 아빠 고집을 꺾는다고 끝나는 게 아니었다. 그 위에는 성하 촌장이 버티고 있었다.

이튿날 교실에 들어서기 무섭게 아이들이 달려왔다.

"순호, 너도 같이 들었다며?"

"뭘?"

"마을 위쪽 성내숲에서 괴물이 운다는 거, 귀신불까지 흘렀다며? 득기 방송이 떴다고, 완전 떴어."

순호는 가슴이 답답해 왔다. 헛기침을 두어 번 하고는 표정을 진지하게 바꾸었다.

"다 거짓이야. 우리 과학적으로 한번 생각해 보자고. 그게 말이 되냐고. 득기가 어젯밤에 업로드한 영상이 제대로 형태가 보이는 게 있었어? 시커면 어둠뿐이었잖아. 숲이 운다는 게 이 과학 시대에 말이나 되니? 걔는 다 좋은데 엉뚱한 소문을 몰고 다녀서 그게 탈이란 말이야. 우리 축구팀이나 제대로 만들자고."

순호는 목소리를 착 깔고서는 '과학'이라는 말을 두 번이나 끌어들이면서 득기를 거짓말쟁이로 몰았다. 그러고는 아이들 관심을 슬쩍 축구 쪽으로 돌렸다.

"그러면 그렇지. 득기 걔는 특종 중독이야. 조회 수에 완전 미쳤어."

한껏 부풀어 있던 호기심이 한순간에 아이들에게서 빠져나갔다. 득기가 아직 오지 않은 게 다행이었다.

느지막이 교실로 들어온 득기도 별다른 말을 하지 않았다. 시무룩한 얼굴로 보아서 무슨 일이 있었던 게 분명했다.

득기와 순호가 서로 눈치를 보며 억지 침묵을 하고 있었다. 그렇게 순호의 생각과는 달리 누가 퍼 나르는 것도 아닌데 소문은 안개처럼 마을을 덮어 나갔다.

축구 조건

철호가 등교하려다 말고 슬쩍 시계를 보았다. 아직 여유가 조금
있었다.

"아빠! 들어가도 돼요?"

"들어와라."

아빠가 방문을 열었다.

"저어, 아빠…."

"뭔 일인데?"

아빠가 철호 말을 기다려 주지 않고 서둘러 말을 이었다.

"축구를 하고 싶다는 말이지, 성하학교와?"

순간을 놓치지 않았다.

"예, 허락해 주세요. 순호네와 축구하고 싶어요. 예전처럼요."

"예전처럼…"

아빠는 길게 말끝을 물면서 눈을 지그시 감았다. 시계 초침 소리가 유난히 크게 들렸다.

"학교나 가거라."

한참 동안 말이 없던 아빠가 어색하게 말을 얼버무렸다. 그러나 철호는 그냥 물러서지 않았다.

"아, 아빠!"

"축구를 꼭 해야겠느냐? 뭍으로 나가면 다른 학교도 많은데 하필이면 성하학교와."

"다른 학교와도 할 거예요. 성하학교와도 하고 싶다 이 말이에요. 성하와 우린 같은 할아버지 자손이잖아요. 그런데 원수처럼 외면하는 이유가 뭐예요?"

철호는 하고 싶었던 말을 한꺼번에 풀어 놓느라 말이 버벅거렸다. 아빠는 철호의 말을 듣고는 한참 동안 철호를 바라보았다. 그 눈빛이 흔들리고 있었다. 여러 가지 생각이 겹쳐지는 모양이었다. 철호는 아빠의 대답을 기다렸다.

"좋다 너희들이 한다는데 내 끝까지 말릴 생각은 없다. 그러나 조건이 있다. 이 조건이 갖춰지면 내가 마을 어른께 허락을 받아 보마."

"그게 뭐예요?"

철호가 아빠 앞으로 바짝 다가들었다.

"그쪽에서 그간의 잘못을 먼저 사과해야 한다. 경기는 숲이 아닌 우리 운동장에서 해야 한다. 그쪽 성하학교는 우리 성곡과 다르다. 전국에서 일자리를 찾아 모여든 부모를 따라온 아이들이야. 그러므로 성하마을팀으로 보기 어렵다. 원래 성하마을 출신 아이들만으로 팀을 짜야 한다. 이 조건을 받아들인다면 내 허락을 받아 보마."

아빠는 끝까지 숲으로 들어가는 것만큼은 피하려고 하였다.

"세 가지 조건을 꼭 지켜야 해요?"

"그 조건으로도 허락이 될까 말까야."

철호가 말을 더 하려고 하는데 아빠가 등을 밀었다.

"학교 늦겠다. 빨리, 빨리 가."

"숲이 우는 일은 어떻게 할 생각이세요?"

"그건 어른들이 알아서 할 테니 너희들은 공부나 해."

"어이, 순호!"

축구 연습을 하는데 현관 앞에서 고 선생님이 불렀다. 빨리 오라는 손짓을 해 놓고는 먼저 교무실로 들어가 버렸다.

교무실에는 생각지도 않았던 성하 촌장이 와 있었다. 아빠도 그 곁에 서 있었다.

"너도 이리 와서 앉아. 순호 아빠도 앉으세요."

고 선생님이 순호와 아빠를 번갈아 보았다. 그러고는 슬쩍 성하 촌장의 눈치를 살폈다.

"그래, 너도 이리 와서 앉아라."

촌장이 순호를 보고는 환하게 웃어 주었다. 순호는 주춤주춤 선생님 옆자리에 앉았다. 그러자 아빠도 성하 촌장 옆자리에 앉았다. 다들 자리에 앉자 촌장은 천천히 말을 꺼냈다.

"고성만 선생님! 성곡학교에서 전근 오셨다고요?"

"예, 지난여름 중간 이동으로 왔습니다."

"아, 예에 그랬군요. 몇 개월이 되었네요. 마을의 사정에 대해서도 어느 정도 파악이 되었겠습니다."

촌장은 뚜벅뚜벅 말을 이어 가다가 잠깐 이야기를 끊었다.

"파악이라고 말씀드리기는 뭣합니다만 조금…."

선생님이 몸을 움츠리며 어색하게 웃음을 보이다 말했다.

"예, 내가 말을 계속 이어 가리다. 성곡학교와 축구 경기를 꾸민다고요?"

"예, 두 학교 아이들이 워낙 축구를 좋아해서요. 어르신께서 도와주시면…."

선생님의 말투가 조금 적극적으로 바뀌었다. 허락을 얻을 수 있는 기회로 생각한 모양이었다. 그러나 촌장의 표정은 오히려 굳어지고 있었다.

"축구 좋지요. 아이들은 축구를 참 좋아하지요. 공 하나로 누구와도 어울릴 수가 있지요. …그러나 성곡학교와는 안 됩니다."

촌장은 성곡학교를 말할 때 마치 방점을 찍듯이 약간 틈을 두었다가 그 마디에 힘을 주었다. 고 선생님 얼굴이 이내 굳어졌다.

"왜요? 왜 안 된다는 겁니까?"

선생님의 목소리도 약간 높아졌다. 그러자 아빠가 조심스럽게 끼어들었다.

"저어, 선생님, 그게… 이유는 따지지 마시고 그렇게 해 주세요."

"아니요. 저도 어느 정도 그 이유를 알고 있습니다만 이 일은 아이들이 하는 놀이입니다. 아이들 놀이까지 어른들이 가로막고 나서야 할 만큼 두 마을 사이에 중대한 또 다른 이유가 있다는 겁니까?"

선생님 입에서 침이 튈 만큼 흥분되어 있었다. 순호는 지레 겁을 먹고 잔뜩 몸을 움츠리고는 어른들 눈치를 보았다. 무슨 일이 벌어질 것만 같았다. 촌장과 아빠는 한동안 말이 없었다. 그제야 선생님도 소리를 지른 게 민망스러웠는지 입을 꾸욱 다물었다.

잠시 뒤 촌장이 말을 꺼냈다.

"고 선생이 어느 정도 이유를 알고 계신 것 같으니 더는 말을 하지 않겠소."

성하 촌장은 고 선생님을 외면한 채 일어섰다.

"어, 어르신, 제 목소리가 좀 높았는가 봅니다. 제 말은 그게 아니라…"

촌장 뒤를 따르던 아빠가 한마디 했다.

"성곡학교와는 안 됩니다."

촌장과 아빠는 교문 밖으로 빠져나가 버렸다.

"내 목소리가 또 사고를 치고 말았네."

고 선생님이 목을 슬슬 문질렀다.

"어쩌시려고 그렇게 소리를 높이세요? 내가 목소리 좀 죽이라고 지난번에도 말씀드렸잖아요. 고성만 지르신다고 문제가 풀립니까? 정말 못 말리는 우리 샘."

"얀마, 내가 득기 입을 닫아 두었으니 너는 마을 어른들 마음 좀 열어 봐."

그러고는 순호 등짝을 내리쳤다. 득기가 어쩐 일로 잠잠하다 했는데 고 선생님과 무슨 일이 있었던 모양이었다.

"고 선생님께 전화 한 번 해 주세요."

철호가 정 선생님을 찾아왔다.

"야, 아직 그 뻥 선생을 믿냐? 큰소리만 뻥뻥 질러 대는 사람을 왜 믿냐? 차라리 바로 순호에게 전화해."

"순호 전화 안 갖고 다닌대요. 전화 압수당해서."

"그럼 집으로 해 봐."

"샘도 참, 지금 순호가 집에 있겠어요? 학교 있지."

"아, 그렇겠네. 알았어, 알았다고. 근데 너 왜, 내게 짜증을 내지?"

정 선생님이 괜스레 철호에게 시비를 걸었다. 이유는 알 수 없지만 신경이 날카로워져 있었다.

"짜증은요 제가 무슨 짜증을 냈다고 그러세요."

"아니야? 아니면 말고."

정 선생님이 번호를 눌렀다. 신호음이 가고 건너편에서 전화를 받자 철호에게 전화기를 넘겨 주었다.

"아이쿠, 정이 많아서 정다운 선생님께서 전화를 주셨네요."

고 선생님이 너스레를 떨었다.

"선생님, 순호 가까이 있어요?"

정 선생님이 아니고 철호인 걸 알고는 버럭 소리를 질렀다.

"얀마, 넌 전화 예의도 없냐? 인사부터 해야지."

"인사하기도 전에 선생님이 서둘러 말씀을 해 버렸잖아요."

"말 빨리 한 내가 잘못이다 이 말이야?"

"아, 예예 죄송합니다. 좀 급해서요. 순호 가까이 있으면 바꿔 주세요."

잠시 뒤에 숨찬 목소리로 순호가 전화를 받았다.

"오늘 밤에 숲으로 나올 수 있어?"

철호는 바로 약속을 잡고 싶었다.

"무슨 일… 알았어. 저녁 먹고 바로 올라갈게."

"그래, 지난번처럼 늦지 말고."

약속만 잡고 바로 전화를 끊었다.

정 선생님이 표정 없는 얼굴로 물었다.

"어쩌려고?"

정 선생님에게 말하지 않을 수가 없었다.

"아빠가 조건을 내걸었어요."

"조건?"

철호는 아빠가 내건 조건을 정 선생님에게 이야기했다.

"쉽지 않을 거 같다. 나는 그 첫째 조건이 마음에 걸리네. 뭘 사과하라는 거지?"

"예, 그것도 그렇지만 두 번째 조건도 이상하게 느껴져요."

철호는 혼자 고민하던 속내를 털어놓았다.

"두 번째라면 숲이 아닌 성곡 운동장에서 한다?"

"예, 숲에 있는 별밭은 옛날에 했던 곳이고, 두 마을의 중간이고 그곳에서 해야 의미가 있는데 그곳을 애써 피하려고 하는 게 이상하잖아요."

선생님도 이것저것을 혼자 따져 보다가 생각을 떨치듯 고개를 흔들었다.

"복잡하게 생각하지 말고 축구만 생각해. 먼저 축구 경기를 허락받는 게 중요하잖아. 경기장은 그다음에 생각해."

선생님은 철호의 등짝을 두어 번 쳤다.

"이심전심이네. 마음이 통했나 봐. 같은 시각에 이렇게 나타나다니."

순호가 달빛에 모습을 드러냈다.

"그러게. 나는 늦을까 봐. 밥을 먹는 둥 마는 둥 달려왔어. 그런데 무슨 일이야?"

순호가 숨을 몰아쉬며 물었다.

"우리 아빠가 관심을 가지기 시작했어. 그런데 기 싸움을 해야 할 거 같아."

"아빠와 기 싸움이라니."

"좀 버릇없어 보이지만 그렇게 되었어. 너도 단단히 마음먹으라고."

철호가 주먹을 불끈 쥐었다. 순호는 숨을 진정시키며 다음 말을 기다렸다.

"아빠가 조건을 내걸었어. 그건 말이야 반허락과 마찬가지 아니겠어?"

"그렇지. 그런데 그 조건이 뭐야?"

늘어선 나무들도 철호의 입으로 귀를 모았다.

"첫째 너희 마을에서 먼저 사과를 할 것, 둘째 숲이 아닌 우리 운동장에서 경기를 할 것, 마지막으로 성하리 출신으로만 팀을 짜라는 거야."

"먼저 사과를?"

순호가 멈칫하며 한 발 물러섰다. 그러고는 고개를 절레절레 흔들었다. 마을 어른들이 선선히 사과할 것 같지 않았다. 나무들도 실망한 나머지 가지들을 늘어뜨렸다. 잔뜩 긴장했던 잎들도 스르르 풀어지더니 언뜻언뜻 흐느낌이 느껴졌다. 그러다가 웅얼웅얼 숲이 보란 듯이 대놓고 울기 시작했다. 아이들은 몸을 움츠리고 한쪽으로 몸을 피했다. 그러나 지난번처럼 겁먹지 않고 가만히 울음소리가 끝나기를 기다렸다.

이윽고 울음소리가 잦아들었다.

'무엇을 알리려는 것일까?'

철호와 순호는 숲이 울음을 그친 뒤에도 한참 동안 그 흐느낌 안에 머물러 있었다.

"일단 말이라도 꺼내 봐. 우리가 조건을 냈으니까 너희 마을에서 거기에 따른 무슨 대답을 하지 않겠어?"

"그런데 사과! 그게 어디 말처럼 쉽겠어?"

순호가 시큰둥한 반응을 보이자 마음이 답답해진 철호가 순호를 다그쳤다.

"물론 쉽지 않겠지. 그렇다고 해 보지도 않고 주저앉을 수는 없잖아. 누구에게든 말을 꺼내 봐. 혹시 알아. 어른들 생각이 우리 걱정과 다를지."

늘어졌던 나무들이 다시 가지를 추슬렀다. 나무들은 순호의 말을 기다렸다.

"좋아. 네가 시작을 했으니까 나도 해 봐야겠지."

순호가 어렵게 고개를 끄덕였다.

"그래, 우리 둘이서 함께 해 보는 거야."

나무들도 잔가지들을 흔들며 수선거렸다. 당산나무 가장 높은 가지가 천천히 끄덕이고 있었다.

"우후!"

그때 검은 그림자 하나가 괴물처럼 숲에서 튀어나왔다. 철호와 순호가 비명을 지르며 당산나무 뒤로 몸을 숨겼다. 놀랄 일이 너무 자주 일어난다는 생각으로 그림자 정체를 살폈다.

"나야, 나!"

안득기였다.

"야, 안 득기! 또 엿듣고 있었냐?"

순호가 놀란 가슴을 쓸면서 바락 소리를 질렀다.

"지난번 그 애잖아!"

"맞아."

철호가 득기를 똑바로 바라보며 분명한 소리로 말했다.

"네가 나설 일이 아니야. 이 일은 우리 집안일이야."

득기는 카메라를 쳐들며 말을 받았다.

"누가 나선다고 했어? 그냥 돕겠다는 거야."

철호는 한 번 더 또박또박 말을 했다.

"우리 일에 끼어들지 않았음 좋겠어."

득기도 같은 말을 또 했다.

"그래. 끼어들지 않을 거야. 다만 너희들 무거운 고민을 내가 거들겠다고."

"며칠 잠잠하기에 내가 그냥 넘어가려고 했더니 너 정말 안 되겠어."

철호가 소리를 지르고는 주먹을 움켜쥐고 득기 앞으로 다가섰다. 싸움이 벌어질 찰나였다. 순호가 재빨리 말리고 나섰다.

"잠깐, 잠깐. 일단 쟤 말부터 들어 보자고. 어떻게 도울 건지."

순호가 철호를 진정시키려고 사이에 끼어들었다

"아니야. 지난번에 쟤가 하는 짓을 보았잖아. 남의 이야기나 엿듣고, 다른 사람 의견을 무시한 채 제 멋대로 퍼 나르는 저런 자식은 그냥 둘 수가 없어."

철호는 득기와 한판 붙을 작정이었다. 그동안 벼르고 있었다. 그런 말을 듣고도 득기는 실실 웃고 있었다.

"돕겠다는데, 그것이 싫다. 하는 수 없지. 잘들 해 보라고."

득기는 몸을 건들건들 흔들며 어두운 숲속으로 다시 들어가 버렸다. 슬그머니 기어 내려와 득기 쪽으로 기웃거리던 칡덩굴이 화들짝 놀라서 줄기를 거두어 들였다.

"너무 심하게 몰아붙였잖아. 그래도 친군데."

"친구? 네게는 친구지만 나와는 상관없는 놈이야. 이 일은 우리들 일이야. 성하 축구팀도 성하마을 출신만 하래잖아. 우리끼리 해결해야지. 다른 사람을 끌어들이는 건 또 다른 문제를 만드는 거야. 나는 말이야 고 선생님과 정 선생님이 나서는 것도 많이 불편해."

철호는 한참 동안 불퉁거렸다. 순호에게 자신의 생각을 분명하게 전달하고 싶었다.

"나도 알아. 그러나 이야기를 처음 꺼낸 사람이 고 선생님이잖아. 선생님들도 그렇고, 득기도 우릴 도우려는 것이지. 간섭하려는 마음은 없을 거야."

순호가 달랬지만 철호는 마음을 풀지 않았다.

"가만히 생각해 봐. 결국 이 일은 우리들 일이야. 그래서…"

"알았어, 알았어. 너희 아빠가 내건 조건은 성곡마을 전체 생각으로 봐도 되겠지? 우리 어른들께 말해 볼게. 그러면 됐지?"

순호가 선선히 조건을 전달하겠다고 하자 철호도 수그러들었다.

숲은 다시 평온해졌다. 어둠 속으로 사라진 득기는 기척도 없었다. 철호가 약간 미안했던지 슬그머니 순호의 손을 잡았다. 순호도 철호를 돌아보며 싱긋 웃었다.

'이젠 정말 달아날 수도 없게 되었네.'

순호는 어쩔 수 없다는 생각이 들었다. 이제는 끝까지 가 보는 길밖에, 달리 핑계거리가 없었다.

가짜 울음

철호와 헤어진 순호가 숲을 지나 막 큰길로 내려서는데 어둠 속에서 득기가 불쑥 나타났다.

"너희들끼리 해 보겠다고? 먼저 이것부터 보고 나서 하든지 말든지 결정해."

손에 든 카메라를 순호 앞으로 내밀었다.

"그 카메라 꺼진 거 맞지?"

순호는 먼저 카메라 녹음 장치부터 막았다.

"걱정 마. 나는 크리에이터야. 프로는 함부로 카메라를 들이대지 않아. 나도 내 나름대로 원칙이 있다고, 그런 걱정은 말고 이 영상이나 봐."

순호는 손을 내리고 촬영 카메라를 들여다 보았다. 동영상에는 나무 뿌다구니에 숨겨 놓은 작은 스피커가 나타났다.

"아니, 이게 뭐야?"

"뭐겠어? 누군가가 울음소리를 보내고 있는 거야. 내가 울고 있는 나무의 모습을 보려고 나무 하나를 택해서 카메라를 고정해 두었어. 그런데 울음소리는 들리는데 뭔가 이상한 거야. 그 소리는 나무와 상관없는 기계음 같았거든. 내가 음향에 관해서는 귀신이잖아."

"그래서?"

"그래서는 무슨 그래서야. 어둠에 몸을 숨기며 살금살금 소리의 끈을 따라갔지. 그 소리의 끝에서 바로 이것을 잡아낸 거야."

"그렇다면 우리가 들은 몇 차례의 울음소리는 누군가가 꾸민 거라는 거야?"

순호는 머리를 세게 얻어맞은 기분이었다.

"숲에 접근하는 사람들에게 겁을 먹이려고 누군가 만든 장치 같아."

득기가 주변을 경계하며 순호에게 속삭였다.

"그렇다면 그 소문은 뭐야?"

"뭐긴 뭐겠어. 이 스피커를 설치한 사람이 의도적으로 퍼뜨렸다고 봐야지."

득기가 촬영한 5분가량의 영상을 보고 설명을 들을수록 점점 더 사건의 앞과 뒤 아귀는 맞추어지지 않았다. 순호는 영 혼란스러웠다. 사건을 다시 정리해 보아야겠다는 생각이 들었다.

"자, 자 가만. 그러니까 누군가가 숲으로 접근하는 사람을 쫓기 위하여 스피커를 설치하고 숲이 울고 있는 것으로 꾸몄다. 그리고 마을에다 소문을 퍼뜨렸다. …그게 이런 음모를 꾸민 이유일까?"

아무래도 뭔가 다른 이유가 있을 것만 같았다. 순호는 갑자기 온몸에 소름이 돋았다. 뭔가 모를 불안감이 가슴을 짓눌렀다.

"음모! 제대로 보았어. 어쩌면 그 누군가가 지금도 우리를 지켜보고 있을 거야."

득기가 주변을 살폈다. 캄캄한 어둠뿐이었다.

"이제 어떡할 거야?"

엉겁결에 순호 입에서 엉뚱한 말이 튀어나왔다.

"야, 그건 내가 할 질문이야. 이제 어떡할 거야?"

그러고 보니 질문자가 뒤바뀐 느낌이 들었다. 질문뿐만 아니었다. 생각들도 뒤죽박죽 엉클어지고 있었다.

"이런 사실을 빨리 마을 어른들에게 알려야겠어."

득기가 재빨리 순호의 팔을 잡으며 순호 걸음을 막았다.

"안 돼! 며칠만, 며칠만 지켜보자고."

"무슨 소리야. 마을이 위험에 빠질 수도 있는, 이 중요한 일을 숨기자고?"

"누가 스피커를 설치했는지 먼저 알아내야 해. 어쩌면 축구 경기를 방해하는 사람이 그 사람일 수도 있어."

"야! 지금 축구가 문제야?"

순호는 어처구니없게도 득기에게 슬그머니 화가 났다. 득기를 밀쳐 버리고 마을을 향해 빠르게 내달렸다. 득기도 포기하지 않았다. 걸음을 따라잡더니 순호 팔을 잡고는 가까이 잡아당겼다.

"마을에서 고집 센 두 촌장의 자존심과 그들의 말이라면 굽실굽실 따르기만 하는 마을 사람들, 바윗돌처럼 단단한 그분들의 생각을 둘이서 깨뜨릴 수는 없어. 너희들도 어쩔 수 없이 그 속에서 맴돌 뿐이야."

순호는 걸음을 멈추고 새삼스럽게 득기를 노려보았다. 자존심이 몹시 상했다.

"너 지금 무슨 소리를 하고 싶은 거야? 숲은 우리 마을의 소유야. 그러므로 숲에서 일어나는 일은 마을에서 알아서 처리하면 되는 거야. 진짜 나무가 울든, 가짜 나무가 울든 다 우리 마을 일이야. 네가 나설 일이 아니야."

득기도 쉽게 물러설 기미를 보이지 않았다.

"네 말이 맞아. 숲은 너희 마을의 소유가 맞아. 너희 마을 숲에 주인인 너희 모르게 스피커를 설치하고 사람을 놀라게 했으니까 이를 밝혀야 할 거 아니야? 어른들에게 알리기 전에 우리 이렇게 한번 생각해 보자고."

득기의 이야기에는 묘하게 설득하는 힘이 담겨져 있었다. 마음이 다급해져 있던 순호도 숨을 크게 들이쉬고는 걸음을 늦추었다.

"어떻게? 어디 한번 들어나 보자."

"숲이 울고 있어. 숲을 이루고 있는 나무 한 그루, 한 그루가 입을 모으니까. 그 소리가 큰 울림이 되어 우리 귀에 들린 거야. 우리 한 번 곰곰이 생각해 보자고. 나무들이 왜 소리 내어 울까? 나무를 울리는 것은 무엇일까? 틀림없이 무슨 문제가 있는 거야. 그 문제를 해결해 달라는 거 아니겠어? 그 울음소리를 마을 어른들도 이미 다 듣고 있어. 그런데 애써 못들은 척할 뿐이라고 생각해. 왜 그럴까?"

순호는 득기의 말이 엉뚱하기 짝이 없는 소리로만 들렸다. 그래서 버럭 소리를 질렀다.

"지금 무슨 소릴 하는 거야. 숲이 우는 게 아니라며. 누군가가 스피커를 설치하고 소리를 만든 것이라고 네가 사진도 보여 주었잖아. 그런데 이제 와서 왜, 딴소릴 하고 있어?"

득기가 걸음을 멈추며 순호 앞을 막아섰다.

"나는 스피커를 발견한 거야. 거기서 가짜 소리가 난다고 했어. 맞아. 그러나 숲이 울지 않는다고 말하지는 않았어. 내가 며칠 동안 숲을 드나들면서 숲에서 얻은 느낌은 뭔가가 소리를 내고 움직이고 있다는 거야."

순호는 이마에 손을 얹으며 긴 한숨을 내쉬었다. 득기가 하려는 말이 무엇인지 종잡을 수가 없었다.

"아이쿠 머리야. 뭔 이야기가 그렇게 복잡해. 도대체 뭔 이야기를 하고 싶은 거야?"

득기는 포기하지 않았다. 목소리를 더욱 낮추며 한 가지 제안을 하였다.

"이렇게 하자. 숲이든 스피커든 우는 이야기는 얼마 동안 비밀로 하자."

순호는 벌컥 짜증이 일어났다.

"알 사람 다 알고 있는데 새삼 비밀은 무슨 비밀이야. 다시 말하지만 숲은 우리 집안 것이야. 나무가 울든, 스피커가 울든 우리가 해결해. 우리 집안끼리 해결할 테니. 너는 그만 포기해 줘."

순호는 득기의 말을 더 이상 듣고 싶지 않았다.

"알고 있어, 나도 이곳저곳 알아보았어. 숲을 조성한 것은 너희 집안 어른들이 맞아. 그 땅도 너희 집안의 것이고. 그러나 그 숲을 너희 집안만이 차지할 수는 없어. 따져 보면 숲의 주인은 숲이기 때문이야. 숲에는 나무, 풀도 살고 있지만 날짐승, 들짐승들도 살고 있어, 그 생명들까지 너희들 것은 아니라고 봐. 또 두 마을이 서로 미워하느라 숲은 버려져 있었어. 내버리고 외면해 놓고 주인 노릇만 하겠다고 나서는 것은 이치에 맞지 않아. 숲은 누구의 것이기에 중요한 게 아니야. 숲은 숲이기에 소중한 것이야."

순호가 득기를 노려보았다. 득기도 순호의 눈길을 피하지 않았다.

"너 언제부터 말을 그렇게 잘했지?"

순호의 그 말에 득기가 쏘아보던 눈빛을 풀며 풀썩 웃었다. 고집을 부렸지만 순호의 마음은 조금씩 조금씩 득기에게 넘어가고 있었다.

"어떡할 거야?"

득기가 또 같은 질문을 하였다.

"네가 찍은 영상을 하루만 붙잡고 있어 줘. 올리지 말고."

"알았어. 얼마든지 붙들고 있을게. 우리 둘이서 한번 풀어 보자."

그제야 득기는 한 발 물러서며 카메라와 지지대를 접어서 가방에 넣었다.

"야, 지금까지 우리 이야기도 몰래 다 찍은 거야?"

"걱정 마. 나 크리에이터라고. 아마추어 아니고 프로야."

얄미울 만큼 빈틈없이 받아넘기는 득기를 마냥 미워할 수만은 없었다. 한 대 쥐어박고 싶었으나 꾹 참을 수밖에.

협상 결렬

"조건을 보냈다고?"

성하 촌장이 버럭 소리를 질렀다.

"예, 어르신, 숲에 가지 말라고 그만큼 단속을 했는데 우리 애가
저쪽 애와 또 만난 모양입니다."

아빠가 촌장 앞에서 머리를 숙였다.

"조건이 뭐라더냐?"

촌장이 순호 쪽으로 고개를 돌렸다.

"선수는 우리 마을 아이들만으로 하고요…."

순호는 촌장의 눈치를 보면서 조건의 순서를 뒤집었다. 아무래도
그 '사과'가 마음에 걸렸다.

"그래, 그다음은?"

"경기는 숲이 아닌 성하학교 운동장에서 하고요. 마지막으로…"

성하 촌장은 다음 말을 기다리며 순호 눈을 똑바로 바라보았다. 순호는 지레 겁을 먹고는 남은 말을 하지 못하고 우물거렸다.

"마지막은?"

순호는 아빠를 슬쩍 바라보았다. 아빠도 순호의 다음 말을 기다리고 있었다.

"머, 먼저 사과를 하라고…"

순호는 슬쩍 촌장 눈치를 살피고는 눈을 아래로 깔았다. 의외로 촌장은 아무 말 없이 천장을 올려다보고 있었다.

"아니, 사과를 하라니!"

아빠가 서둘러 소리를 내질렀다. 아빠가 더 무슨 말을 하려는데 촌장이 손을 저어 말을 막았다.

"얘야, 너는 그만 학교에 가거라. 어른들이 의논해서 처리할 테니까."

순호는 부리나케 방을 뛰쳐나왔다. 감옥에서 탈출하는 게 이런 기분일까.

'촌장님이 어떤 결정을 할까?'

하루 내내 그 생각뿐이었다. 이상하게도 학교에서는 아무도 말조차 걸어 오지 않았다. 항상 떠들썩하던 고 선생님도 순호에게 관심을 주지 않았다. 순호는 소리가 사라진 세상에 갇혀 있는 느낌이었다. 학교 마칠 때까지 이상하다는 생각이 들만큼 아무 일도 일어나지 않았다.

집에는 아빠가 없었다. 저녁 무렵이 되어도 돌아오지 않았다. 순호는 습관처럼 터덜터덜 숲으로 올라갔다. 아직 날이 환했다. 조금 일찍 나온 듯했다. 당산나무 밑에 쭈그려 앉았다. 앉은 채 아득히 솟은 나무를 올려다보았다. 부챗살처럼 펼쳐진 나뭇가지 사이로 저녁 안개가 파랗게 내려오고 있었다. 바람 소리조차 들리지 않았다. 너무나 고요했다.

'숲은 숲이 주인이야.'

득기의 말이 메아리처럼 되살아났다. 문득 몰래 설치된 스피커를 찾아보고 싶었다.

천천히 숲속으로 들어갔다. 찬찬히 나무 뿌다구니들을 살피며 걸었다. 그런데 왠지 모르게 누군가가 따라오는 것만 같았다. 순호의 뒤를 살피는 눈길을 강하게 느꼈다. 정확한 모습은 보이지 않았지만 그들도 소리 없이 움직이고 있었다. 어둠 속에 웅크리고 있던 새들이 인기척이 궁금한지 나뭇가지를 옮겨 앉으며 푸드득거렸다. 나무들도 모두 순호를 주목하며 긴장하고 있었다. 풀들이 바짓가랑이에 감겨 들었다. 그러나 멈출 수가 없었다. 멈추었다가는 그들이 바로 덮칠 것 같았다.

얼마나 걸었을까. 별빛이 내린 넓은 공간이 나타났다. 운동장이나 마을 잔치장으로 쓰던 넓은 밭이었다.

"별밭이 이렇게 살아 있었구나."

어둠에 얹힌 파란 별빛들이 둥실둥실 떠다녔다. 별빛 그 끝자락에 나무 뿌다구니 하나가 눈에 띄었다. 나무와 흡사했지만 어딘가 어색했다. 다가가서 주먹으로 두드려 보았다. 나무로 위장한 플라스틱 스피커가 확실했다. 땅에 묻힌 전선이 드러나 있었다. 드러난 전선은 나무둥치를 타고 위로 올라가 있었다. 안테나 역할을 하는 모양이었다. 전선이 따로 연결되지 않은 무선 스피커였다.

'도대체 무엇 때문에!'

화가 치밀었다. 가짜에 속아서 겁을 먹었던 게 분했다. 만만한 스피커를 힘껏 차 버렸다. 힘없이 날아간 스피커는 배터리와 증폭기가 따로 나동그라졌다.

"순호야!"

멀리서 철호 소리가 메아리가 되어 들려왔다.

"여기야. 숲 가운데로 곧장 들어와."

순호 대답 소리 역시 긴 메아리를 이끌며 나무 사이를 미끄러져 갔다. 숲에 사는 생명들이 아이들 소리를 따라 달려갔다가 다시 달려왔다. 잠시 뒤에 철호가 나타났다.

"울음이 가짜였어."

"무슨 소릴 하는 거야?"

"저것 봐 저것. 저것이 우릴 속여 온 거야."

철호는 나동그라진 스피커를 들어 보며 고개를 갸웃거렸다. 믿어지지 않았다.

"누, 누가 한 짓이야?"

"글쎄, 난들 알겠어?"

"너는 이런 사실을 어떻게 알았어?"

"득기, 그 녀석이 몰래 카메라를 설치했던 모양이야. 그 카메라에 잡힌 거야. 우리에게 말하려는데 네가 달려드는 바람에 몸을 피했다가 나중에 내게 영상을 보여 주었어."

철호는 기가 막혀 헛웃음을 흘렸다.

그때 나무와 나무에서 시작된 푸른빛이 한 줄기 일어나더니 아이들을 감싸며 작은 빛의 회오리를 만들기 시작했다.

"아니, 이건 또 뭐야?"

"빛이 살아 움직이는 것 같아."

"우리를 빨아들이고 있어."

철호와 순호는 당황한 나머지 그냥 허우적대기만 하였다. 몸이 생각을 따라 주지 않았다. 잠을 깬 새들이 빛을 따라 푸드득거렸다. 숲에 사는 짐승들의 눈빛도 빛을 따라 파랗게 일어났다. 온몸에서 소름이 돋았다. 어느 순간 나뭇가지들이 으스스 소리 나게 흔들렸다. 나뭇가지들은 빛을 불러들이고 있었다. 휘몰아치던 빛이 여러 가닥으로 나누어지더니 제각기 제 나무들을 찾아 들어갔다. 그게 끝이 아니었다. 숲이 울기 시작하는 것이었다. 빛은 다시 일어나 작은 파장을 만들며 철호와 순호를 자꾸만 흔들어 댔다. 눈이 밝아지고 귀가 열리면서 또 다른 빛과 소리를 느끼고 있었다. 그러나 아이들은 이를 알아채지 못하였다. 빛이 잠깐 틈을 보이는 사이 간신히 정신을 차린 철호가 순호의 손을 잡아채고는 냅다 별밭 너머로 뛰었다. 정신없이 도망쳤다. 아이들이 숲을 벗어나자 빛은 사라지고 흐느낌만이 간간히 들리다가 다시 평온해졌다.

"우리가 무엇을 본 거지?"

철호가 내동댕이쳐진 채 정신을 가다듬으려고 애를 썼다.

"이것도 가짜일까?"

순호는 도무지 알 수 없다는 표정으로 숨을 헐떡였다.

"가짜일까, 진짜일까? 어쨌든 숲에서 이상한 일이 벌어지고 있는 것은 사실이야."

철호가 조심스럽게 일어나서 숲을 건너다보았다. 숲은 거대한 짐승처럼 웅크리고 있을 뿐이었다. 아무 일도 없었던 것처럼.

"이제 어떡하나?"

순호는 복잡한 생각에서 벗어나 그만 집으로 돌아가고 싶었다. 이 일에서 놓여나고 싶었다.

"뭐라고 하셨어?"

그러나 철호는 마음을 다잡으려고 어금니를 악물었다.

"몰라, 아직 몰라. 난 복잡한 이런 거 딱 싫어."

"뭘 모른다는 거야. 안 된다는 거야, 된다는 거야?"

순호는 대답 대신 검은 숲을 바라보았다. 무서웠다. 거대한 어둠의 벽이 서서히 덮쳐 오고 있는 것만 같았다. 까마득히 밤하늘에 맞닿은 당산나무 가지가 혼자서 일렁이고 있었다.

철호도 막막해지는 것은 마찬가지였다. 높은 벽 속에 갇힌 느낌이었다.

"답을 안 주시더라."

그때 검은 숲에서 작은 빛 하나가 다가오고 있었다.

"아니, 저건 또 뭐야?"

철호가 숨을 죽이며 그 빛을 주목했다.

"아니, 쟤는…."

득기였다. 득기 머리에 달린 헤드랜턴 불빛이었다. 한 손에는 조명 장비를 들고 한 손에는 카메라를 들고 있었다.

"아하, 여기 계셨구먼. 보이지 않아서 한참 찾았네. 너희들이 스피커를 부쉈지?"

득기는 철호, 순호와는 달리 빙글빙글 웃고 있었다.

"야! 내가 경고했지? 우리 일에 끼어들지 말라고."

철호가 버럭 화를 냈다. 그동안 겁먹었던 것까지 보태져서 고함이 터져 나왔다. 순호가 급히 철호를 말렸다.

"안득기! 너 그 조명하고 카메라부터 꺼, 빨리!"

순호가 손을 들어 빛을 가리며 소리쳤다.

"알았어. 끌게, 끌게."

득기가 조명과 카메라를 끄고는 뒤로 감추었다.

철호는 득기 앞에서 씩씩대며 주먹을 불끈 쥐고 있었다. 득기가 재빨리 장비를 챙기며 말을 늘어놓았다.

"너희들 일을 방해하려는 게 아니야. 그냥 숲을 촬영하고 싶었을 뿐이야. 나무들… 아, 그리고 동물들도 카메라에 잡히더라고. 정말 이야. 나는 이제 축구에는 관심이 없어. 전설 같은 너희들 옛 마을에 관해서도."

득기는 장비를 안전하게 챙긴 뒤에 허리를 펴며 건들건들 여유를 부렸다.

"안득기, 너 정말 끈질기다."

순호가 원망 섞인 투로 말했다.

"너희들 답답한 마음을 알기 때문이야. 오늘은 너희들 뒤를 밟은 게 아니야. 숲에 대한 순수한 나의 관심이라고 알아줬으면 좋겠어. 일단은 울음소리에 대한 조사도 더 해 보고 싶었고…."

"울음소리는 가짜라는 게 드러났잖아. 그런데 무슨 조사를 해?"

"가짜, 진짜가 중요한 게 아니야. 가짜라면 가짜 울음을 만든 까닭이 있을 거야. 진짜라면 그런 울음소리를 내야만 하는 까닭이 또 있을 테고. 자, 보라고 너희들이 스피커를 없앴잖아. 그런데 울음소리는 여전했어. 다른 스피커가 있는 것일까? 아니면…."

"정말 그러네. 우리가 스피커를 없앴는데 좀 전에 들린 소리와 빛은 어떻게 된 거야?"

철호가 완전히 달라진 목소리로 물었다. 철호도 득기의 생각에 빠져들고 있었다.

득기는 화가 수그러든 철호를 툭툭 건드렸다. 화를 풀라는 몸짓이었다. 철호도 넌지시 다가오는 득기를 끝까지 밀어낼 수는 없었다. 그냥 풀썩 한 번 웃고 말았다.

"나도 동참시켜 주는 거지?"

"알았어. 아하 참, 끈질긴 녀석!"

순호가 철호와 득기의 팔을 잡고 다시 당산나무 밑으로 갔다.

"어른들 허락은 얻었어?"

득기가 궁금하던 것을 먼저 물었다. 순호가 고개를 가로저었다.

"아니."

그 대답이 끝나자마자 기다렸다는 듯이 득기가 철호와 순호 어깨를 가까이 끌어당겼다.

"허락을 절대로 해 주지 않을 거다."

철호가 어깨를 빼며 뜨악한 얼굴을 하였다.

"너 지금 우릴 흔들어 놓으려고 일부러 그런 말을 하는 거지?"

득기는 정색을 하며 천천히 고개를 가로저었다.

"생각해 봐. 두 마을의 최고 어른들, 지금 그 두 분은 무슨 생각하고 계실까. 너희들이 하려는 축구 경기를 위하여 먼저 사과를 하실까? 숲이 울고 있다는 것을 인정하실까? 아니면 스피커 설치한 사람을 밝히려고 할까?"

득기는 거기서 말을 끊고 철호와 순호의 표정을 살폈다.

"…"

철호와 순호는 대꾸를 못한 채, 멀거니 득기를 바라보기만 했다. 득기가 잠깐 틈을 두었다가 말을 이었다.

"어떻게 하면 상대를 꺾을까?"

"상대라니 누, 누구를?"

득기는 시원하게 답을 들려주지 않았다. 그러나 그 답을 철호와 순호는 알아챘다.

"곰곰이 생각해 봐. 조금 전에 숲이 너희들에게 보낸 신호는 또 뭘까?"

"신호는 무슨 신호라는 거야. 그 소리는 누군가가 꾸민 거잖아."

철호가 강하게 고개를 가로저었다.

"빛, 빛을 못 보았어? 우는 게 이제는 신호로 바뀐 거야."

"야! 상상력이 너무 나가는 거 아니야?"

순호가 득기의 말을 막았다.

"답답하기는, 숲과 살아왔다는 너희들이 가짜와 진짜를 구분해 내지 못하다니 어른들처럼 생각이 굳어져 있어. 너희들이 스피커를 부쉈는데 또 소리가 났어. 이번엔 빛까지."

"또 다른 곳에 스피커가 있을 수도 있잖아."

철호가 아예 득기 입을 막을 듯이 손을 내저었다.

"나 원 참! 내가 누굴 위해 열을 내고 있지? 이야기를 진행시킬 수가 없네."

이야기를 진지하게 받아들여 주지 않자 득기는 가방을 메더니 숲을 빠져나가 버렸다.

　"아니, 저 자식은 잘난 체 질문만 퍼부어 놓고 삐쭉 가 버리면 어떻해?"

　철호가 자리에서 일어서며 구시렁거렸다.

　"보기보다 영 밴댕이 소갈머리네."

　순호도 득기를 불러 세우려다가 그만두었다.

　밤이 깊어 가고 있었다.

　"우리도 그만 가자. 너는 어른들 답이나 받아 봐."

　"알았어. 근데 쟤는 울음소리가 진짜라는 거야 가짜라는 거야?"

　"그러게."

　순호도 숲을 빠져나왔다.

새로운 결심

멀리 성하마을이 보였다. 휘황한 불빛이 번쩍이고 있었다. 언뜻언뜻 불빛을 가리며 득기가 앞서서 가고 있었다. 순호는 걸음을 빨리하여 득기를 따라잡았다.

"숲에서 이상한 일이 벌어지고 있어. 숲 곳곳에 카메라와 녹음기를 설치해 두었는데 오늘은 기계음이 아니었어, 나무가, 숲이 운 거야. 너희들에게 뭔가를 알리려고 나무들이 울고 있어. 왜, 그럴까?"

순호가 가까이 온 것을 알고 득기는 혼잣말처럼 그렇게 중얼거렸다.

"나무에게 물었어야지. 숲의 주인은 숲이랬잖아. 숲의 마음을 누가 알겠어? 숲의 주인인 숲, 나무와 나무들이 알겠지."

순호가 일부러 어깃장을 놓았다. 득기도 더 이상 이야기를 꺼내지 않았다. 마을 어귀에서 헤어질 때 득기가 말했다.

"내일은 언제 갈 거야?"

"글쎄. 저녁에나 가야지. 낮에는 학교 가야 하니까."

득기가 우뚝 멈춰서더니 히죽이 웃었다.

"허순호! 정신 차려 내일은 토요일이야."

순호는 요일도 제대로 못 챙길 만큼 혼이 나가 있었다.

"그랬구나. 그래도 저녁에 가야지, 낮에 가다가 어른들 눈에 띄면 좋을 게 없어."

"나는 아침에 갈 거야."

"왜?"

"내일부터 본격적으로 숲을 촬영해 볼 생각이야. 너희들에게 증거를 제시하려면 부지런히 조사해야지."

"무슨 증거?"

"스피커가 더 있는가, 누가 스피커를 설치하였는가, 스피커가 없다면 숲에서 들리는 울음소리는 어디서 시작되며 무슨 까닭인가?"

순호는 득기가 일을 크게 만들까 봐 불안했다.

"야, 안득기! 이제 그만해 줘. 그렇잖아도 어른들이 축구 경기 허락을 하지 않아서 불안, 불안한데 네가 자꾸 일을 키우는 것 같아. 숲에 가지 말라면 가지 않는 게 좋겠어. 우리도 이왕 말이 나왔으니 축구만 한 번 하고 나면 그만이야. 그러니 축구 경기 허락에만 집중하도록 해 줘."

순호의 말끝에 득기는 답답하다는 듯 가슴을 두드리며 한숨을
길게 내쉬었다.

"내가 말했잖아. 축구 경기는 허락되지 않는다고. 곰곰이 생각해
봐. 축구는 문제도 아니야. 아예 숲에 접근하는 것을 막고 있잖아.
왜 그럴까 이상하다는 생각이 안 들어? 그걸 밝혀야 축구에 대한
허락도 쉽게 얻을 수 있어."

득기가 오히려 순호를 설득하려고 들었다.

"아, 정말. 복잡해지는 이 느낌은 뭐지? 다른 생각은 말고 축구만
생각하자고."

순호는 복잡해지는 게 싫었다. 축구만 한 번 하고 나면 이런저런
골치 아픈 일도 사라질 것만 같았다. 그런데 득기가 자꾸 일을 크
게 만들어 가고 있었다. 옥신각신하는 사이에 자동차가 수십 차례
지나가며 경적을 울렸다. 그 소음 속에서 소리를 높이느라 목이 칼
칼해지고 아팠다.

집으로 들어서자 아빠 방에 불이 켜져 있었다. 아빠가 돌아와서
어머니와 이야기를 나누고 있었다.

"순호는 방에 있어요?"

"아직 들어오지 않았네요."

"얘가 또 숲으로 간 거요?"

"그런 말 없이 그냥 나갔어요."

"못 가게 막아야 하는데. 그간 비워 두는 바람에 위험한 짐승들

이 사는 게 분명하대요."

"그놈의 축구는 어떻게 결정이 났나요?"

"성곡과 축구는 멀리 가 버렸소. 내가 큰맘 먹고 어르신께 축구를 허락하자고 했는데 오늘 저쪽에서 사과를 요구하는 바람에 오히려 난리가 났어요."

"사과요? 어르신이 화를 내실 만도 하네요. 저희들이 저지른 일은 생각도 않고 우릴 가해자 취급하는 꼴이니 나도 화가 나네요. 사과는 우리가 아니라 그쪽에서 먼저 해야지요."

순호는 이야기를 엿듣다가 방으로 들어갔다. 축구는 물론이고 숲으로 가는 일도 더 어려워지겠다는 생각이 들었다.

잠이 오지 않았다. 밤이 이슥한 시간인데 전화가 왔다. 득기였다.

"또 할 이야기가 남았어?"

"잔말 말고, 컴퓨터 켜고 내 유튜브 영상 올린 거 봐 줘. 약속대로 이만큼 붙잡아 두었다가 올린 거니까 날 원망하지는 말고 '좋아요'도 눌러 줘."

그러고는 대답도 듣지 않고 전화를 끊어 버렸다.

"정말 제멋대로야."

컴퓨터를 켰다. 득기 유튜브를 찾아들어갔다.

〈우리 고장에는 숨겨진 숲이 있답니다. 그 숲이 언제부터인지는 모르지만 밤마다 울고 있어요. 숲이 운다고? 다들 거짓말이라고 하실

겁니다. 한번 들어 보시고 거짓말인지 아닌지를 판단하세요.〉

동영상은 어둠에 묻힌 숲을 보여 주었다. 숲속으로 천천히 카메라가 움직여 가는데 언뜻 흐느끼는 소리가 잡혔다. 카메라가 놀라는 바람에 영상이 심하게 흔들렸다. 소리 나는 곳을 꼭 집어 찍지는 못한 모양이었다. 카메라가 이 나무, 저 나무를 빠르게 옮겨 다니기만 했다. 흐느낌은 점점 울먹거리는 소리로 변하여 갔다. 괴기스러운 소리가 숲을 가득 채웠다.

〈어떠세요? 여기까지는 며칠 전에 찍은 영상이었습니다. 지금부터 보실 영상은 오늘 찍은 것입니다. 그런데 울음소리는 들리지 않습니다. 대신 숲에 살고 있는 새와 짐승들의 소리와 그들의 눈빛을 보실 수 있을 것입니다.〉

동영상에는 날개를 퍼덕이는 새가 보이고 나무에 몸을 숨기며 불빛을 마주 보는 짐승들의 눈빛이 보였다.

〈숨겨진 숲, 아니, 버려진 숲이라는 말이 맞을 거 같네요. 숲이 여러분들을 기다리고 있습니다. 숲이 소리 내어 우는 이유가 무엇일까요? 저는 슬퍼서 우는 게 아니라 외로워서, 우리를 만나고 싶어서, 우리를 부르는 소리라고 생각합니다. 순전히 제 생각임을 밝혀 둡니다. 그런데 어떤 사람은 제 방송은 물론 숲으로 접근하는 발길을 막고 싶은가 봅니다. 그래서 괴기스러운 소리로 사람들을 속이고 있겠지요. 여러분은 어떤 선택을 하시렵니까? 숲이 부르는 소리를 따라 숲으로 가시겠습니까? 아니면 소리가 무서워 숲을 피하시겠습니까? 그 숲이 어디 있는지는 다음 월요일 새로운 소식과 함께 알려 드릴게요. 안녕〉

방송이 끝나고 광고가 시작되었지만 순호는 멍하니 화면을 들여다보고 있었다. 댓글과 '좋아요'가 이어지고 있었다. '나는 숲을 찾아 가겠다.'는 댓글이 줄을 잇고 있었다. 득기가 했던 이야기들이 귓전을 맴돌았다.

'득기가 노리는 게 무엇일까?'

별의별 생각이 다 떠올랐다.

"숲은 슬퍼서 우는 게 아니다. 우리를 만나고 싶어서 운다.' 이 말은 숲이 운다는 것을 의미하는 것이고, '사람들 발길을 막으려고 괴기스러운 소리를 꾸민다.' 이 말은 우는 소리가 가짜인데 그 가짜에는 알지 못하는 음모가 들어 있다는 의미…."

순호는 뭔가 아리송했지만 실마리가 잡힐 것 같은 느낌이 들기도 했다. 그러나 결정적인 답을 알아낼 수는 없었다. 숲의 위치를 알려 준다는 월요일 방송을 생각했다. 지금처럼 득기를 막을 것인가. 아니면 득기가 하는 대로 두고 볼 것인가. 이 일 또한 갈피를 잡을 수가 없었다.

　이튿날 순호는 아침 일찍 전기자전거를 끌고 몰래 집을 빠져나왔
다. 무턱대고 성곡리 철호를 찾아갔다. 처음 가는 길이기도 했지만
만만한 거리도 아니었다. 두렵고 어색했다. 그러나 막상 성곡마을
에 들어서자 순호네 옛 마을과 다를 게 없었다. 그래서 그런지 낯설
다는 생각이 사라졌다. 철호네 집으로 들어서자 철호 아빠가 놀라
서 순호를 얼른 방으로 데리고 들어갔다. 철호도 놀라서 한동안 말
을 못하였다. 순호는 방 한쪽에 있는 컴퓨터를 켜고는 득기의 유튜
브를 찾아 들어갔다. 철호가 놀란 눈으로 방송을 보았다. 철호 아빠
도 같이 보았다.
　"기어이 일을 키우고 말았구나."
　철호 아빠 얼굴이 하얗게 질렸다. 지체 없이 정 선생님에게 전화
를 걸었다. 잠시 뒤에 정 선생님이 달려왔다.
　"아니, 이 녀석아, 이른 시간에 어떻게 여기까지…. 어른들은 아시
느냐?"
　"아니요. 득기가 사고를 치고 말았어요."
　정 선생님도 득기 방송을 보았다.
　곁에 서 있던 철호 아빠가 무겁게 말했다.
　"저 애를 잡아야 합니다. 성곡 촌장이 아시면 벼락이 내릴 겁니
다."

"저 아이를 잡다니요. 저 아이가 무슨 잘못을 했나요?"

정 선생님이 강하게 따지고 나섰다.

"저 아이는 마을에서 하지 말라는 규칙을 어겼습니다."

"그 규칙이란 게 뭡니까? 아이에게 잘못을 물어야 할 만큼 중요한 것입니까?"

대답이 궁해진 철호 아빠 얼굴이 붉어졌다.

"숲을 폐쇄할 겁니다. 그 숲은 우리 문중 사유지입니다. 출입을 통제할 겁니다."

"성하리 소유이기도 하지요. 과연 성하리에서도 그 일에 동의할까요?"

정 선생님은 물러설 뜻이 전혀 없었다. 철호 아빠는 머뭇거리다가 다시 득기 방송을 걸고 들어갔다.

"저 아이 방송을 막아야 합니다."

"득기를 막을 수는 없어요."

이번에는 순호가 고개를 가로저었다.

"너도 저 아이와 한편이야?"

철호 아빠가 눈을 부릅뜨고 순호를 쏘아보았다.

"편과는 상관없는 일이에요. 득기는 자기 판단에 따라 자유롭게 행동하는 아이예요."

"그러면 너는 여기 왜 왔느냐? 어떻게 하든 저 아이를 막자고 의논하러 온 게 아니냐? 비록 우리가 나누어져 살고 있지만 너는 우리와 같은 집안이 아니더냐."

순호는 정 선생님이 곁에 있어서 든든하게 느껴졌다. 믿는 구석이 있어서 하고 싶은 말을 거침없이 내놓았다.

"제가 달려온 것은 친구를 고자질하고 입을 막으려는 게 아니에요. 성곡리에서 내민 조건이 틀어졌기 때문에 다시 의논하고 싶어서였어요."

철호 아빠는 순호의 말이 끝나기도 전에 무섭게 몰아세웠다.

"다시 의논할 것도 없다. 그 조건이 마지막이야. 축구? 축구를 하지 않는다고 하늘이 무너지는 것도 아니다. 너희들이 쓸데없이 숲을 들락거리는 바람에 이런 말썽거리가 생겨난 거야. 처음부터 어른들이 하지 말라는 일은 하지 말아야지."

철호 아빠가 불같이 화를 냈다.

"이게 무슨 말썽거리입니까? 아이들끼리 자기네들 좋아하는 축구 한판 하자는 것을 어른들이 막는 바람에 이렇게 된 거예요. 정말 어른답지 못한 일 처리입니다."

정 선생님이 조금은 핀잔 투로 말을 받았다.

"정 선생님! 지금 제게 훈계하는 겁니까?"

철호 아빠가 눈을 부릅뜨며 소리를 높였다.

"훈계라니요. 제가 처음부터 지금까지 일을 보면서 아이들을 이렇게 안타깝게 만드는 어른들 모습이 너무 답답해서 그럽니다."

철호 아빠는 더 이상 말을 하지 않은 채 화를 삭이고 있었다. 분위기가 점점 이상하게 흘러갔다.

순호가 철호를 보았다. 그러고는 서로 눈빛을 나누었다.

"아빠! 우리가 숲으로 간 게 아니에요. 숲이 우릴 불렀어요, 우리에게 사인을 보냈다고요. 이제부터는 더 많은 아이들을 숲이 부를 거예요."

철호는 그 순간 득기가 한 말을 떠올리며 그 말을 전했다.

"그 무슨 해괴한 말을 하느냐. 너희들이 어른들 말을 듣지 않아서 이런 일이 벌어진 거야. 이제부터는 대문 밖으로 나가지 못하게할 거야. 그리고 너도 어서 집으로 돌아가. 성하리 아이가 성곡에와서 얼쩡대다가 사고가 날 수도 있어."

아빠는 반 위협조로 말을 하고는 거실로 나가 버렸다. 두 마을 어른들의 모습이 똑같았다. 고집으로 똘똘 뭉쳐져서 쉽게 바뀌어질 것 같지 않았다.

순호는 갑자기 맥이 풀리는 느낌이었다. 득기의 말이 틀리지 않았다. 조건을 조금이라도 수정해 보려고 찾아왔던 길이 헛되고 말았다. 순호도 이제는 어쩔 수 없다는 생각이 들었다. 마음을 바꾸어먹었다. 득기와 함께 가야겠다는 생각을 했다.

"조금 뒤에 숲에서 보자."

순호는 철호와 헤어져서 골목을 나서다가 철호를 다시 불러 세웠다.

"득기와 함께 가는 거야. 득기에게 연락하여 장비 갖고 오라고 할

게.”

“그래. 내가 혹시 못 가더라도 일단 시작해.”

아빠의 말에 겁을 먹고 있던 철호도 고개를 끄덕였다.

“알았어. 축구, 언젠가는 할 수 있게 될 거야. 조건 없이.”

순호의 그 말에 철호가 알아들었다는 뜻으로 주먹을 들어 보였다.

순호는 도망치듯 성곡리를 빠져나왔다.

“어허, 이 녀석들이 기어이 사고를 치고 말았네. 큰일 났네. 큰일 났어.”

아빠가 허둥대며 촌장 댁으로 달려갔다.

“철호 아빠! 당분간 아이들에게 맡겨 두는 게 어떻겠습니까?”

정 선생님이 뒤를 따라가며 아빠를 말렸다. 그러나 아빠는 들은 척도 하지 않았다.

“모르는 소리 마세요.”

그 말에 선생님은 걸음을 멈추더니 온통 마을이 울리도록 소리를 질러 댔다.

“어른들끼리 미워하는 감정을 아이들에게 무턱대고 이어받게 해야겠어요? 대를 이어 미움을 쌓아서 찬란한 탑을 만드실 작정이세요?”

스피커 사라지다

해가 벌써 숲 위로 성큼 올라와 있었다. 날개에 가득히 햇살을 받은 새들이 힘차게 날아올랐다.

작은 점처럼 득기가 보이기 시작했다. 득기는 무거운 장비를 짊어지고 비탈길을 끙끙대며 올라오고 있었다. 득기의 머리 위에도 햇살이 가득히 얹혀 있었다.

"아하, 못 말리는 녀석이야."

순호가 득기를 보며 고개를 절레절레 흔들었다. 내버려 둘 수밖에 없었다.

"같이 가!"

철호가 비탈을 내려오며 소리 질렀다. 아빠에게 잡힌 줄 알았는데 용케도 벗어난 모양이었다.

"아빠가 풀어 주었어?"

"아빠가 촌장 댁으로 간 사이에 몰래 빠져나왔어. 기회를 놓치면 못 올 것 같아서."

"저기 저 녀석 봐."

순호가 비탈길을 오르는 득기를 가리켰다.

"저 무거운 걸 혼자서 들고 오네. 가서 도와줘야지."

득기를 발견한 철호가 비탈길을 뛰어 내려갔다. 철호의 말투가 달라져 있었다.

"득기를 도운다고?"

순호는 득기를 향해 달려가는 철호를 보면서 묘한 느낌에 사로잡혔다. 순호는 득기의 장비를 받아 내리며 속내를 드러냈다.

"좋은 자료영상을 만들기 위해서 우리가 도울 수 있는 일이 뭐야?"

"웬일이니?"

득기는 의심스러운 눈초리로 순호와 철호의 얼굴을 살폈다. 철호는 득기의 말에는 개의치 않고 장비 중에 가장 무거운 것을 짊어졌다.

"아 그래. 당집에 있는 공을 꺼내자. 그것도 촬영하여 보여 주면 좋잖아. 축구에 대한 관심을 높일 수도 있을 거야."

순호도 철호의 말에 힘을 실었다.

"좋은 생각이야. 서두르자."

득기가 촬영 준비할 동안 당집에 들어가서 공을 꺼냈다. 당집에는 돼지 오줌보로 만든 공 외에도 여러 개가 있었다. 모두 먼지를 켜켜이 뒤집어쓰고 있었다. 안쪽에는 옛날 두 마을이 서로 정을 나누며 함께 당겼던 줄다리기 줄도 있었다. 그야말로 전설 같은 두 마을의 역사가 당집 안에 고스란히 보관되어 있었다.

"이 귀한 걸 처박아 두었네."

이를 본 득기 눈이 휘둥그레졌다.

"처박아 두었다기보다 일제 때 일본 헌병에게 빼앗기지 않으려고 여기에다 숨겨 놓기 시작한 게 이렇게 모이게 되었대."

철호가 어른들이 들려준 이야기를 전했다.

"그러면 말이야. 일본이 물러갔으면 그다음부터는 다른 보관 창고를 만들거나 아니면 꺼내서 먼지라도 떨고, 그 의미를 함께 나누어야지. 내가 보기에는 일부러 처박아 놓고 잊어버리기를 기다린 것만 같아."

득기가 고개를 가웃대며 그동안 품었던 의문을 꺼내 놓았다.

"잊어버리기를 기다렸다는 것은 지나친 생각이고 두 마을이 서로 오가지 않으면서 줄다리기나 축구 경기가 사라지게 된 거야. 그렇게 되면서 당집으로 오는 사람도 없어지고, 관리가 되지 않았던 거지 다른 이유는 없을 거야."

순호가 말을 끝내며 철호 쪽을 보았다. 철호도 그 말이 맞다며 고개를 끄덕였다. 그러나 득기에게는 시원한 답이 못 되었다.

"그 줄 가운데 있는 나무는 뭐야."

"암줄, 수줄을 연결해 주는 비녀목이지."

"연결해 주는? 그럼 순호, 철호, 너희 둘이 그쪽으로 가 봐. 그래, 비녀목을 둘이 같이 잡아 봐. 좋아, 좋아."

득기가 카메라 셔터를 여러 차례 누르고는 엄지를 들어올렸다.

"밤에 왔을 때는 겁을 먹고 도망치기 바빴는데 낮이니까 숲을 한 바퀴 돌아보는 게 어때?"

순호가 제안했다.

"그것 참 좋은 생각이야. 득기 넌 숲을 사진으로 좀 더 담아 봐. 그래야 볼거리도 풍성해질 거 아냐."

"좋지. 밤 영상은 많은데 의외로 낮 영상이 없었어. 오늘 하려던 작업이 너희들 덕에 잘되고 있어."

"자, 한 바퀴 돌자고."

철호가 앞장을 섰다.

걱정을 떨쳐 버리려고 일부러 소리를 크게 지르며 숲을 걸었다. 밤에 보이지 않던 숲의 또 다른 모습들이 눈에 들어왔다.

"아니, 분명히 여긴데…."

순호가 걸음을 멈추며 주변을 두리번거렸다.

"뭐가 잘못되었어?"

철호가 다가왔다.

"내가 저쪽에 있던 스피커를 차 버렸거든 이쯤에 나뒹굴어져 있었는데 보이지 않아."

"맞아. 스피커가 저쪽에 뿌다구니로 위장한 채 설치되어 있었어."

득기가 몇 걸음 더 나아가서 주변을 살폈다. 흔적이 감쪽같이 사라지고 없었다.

"자리를 잘못 짚은 거 아니야?"

철호가 나무 뒤를 돌아가면서 살폈다.

"그럴 리가 없어. 저기 별밭이 있었고, 거기서 내가 열 걸음쯤 걸어왔으니까 여기가 틀림없어."

순호는 직접 별밭에서 걸음을 세 보기도 했다. 누군가가 치운 게 분명했다.

"누굴까? 짐작 가는 사람이 없어?"

득기가 순호와 철호를 보았다.

"우리가 떠난 지난밤 사이에 누군가가 이 숲을 다녀갔다는 말인데…"

순호는 턱을 슬슬 문지르며 생각나는 사람들 얼굴을 떠올려 보았다.

"이상한 일이야. 왜, 숲에다 스피커를 설치하고 가짜 울음소리로 우리를 속였을까? 단순히 우리만 못 오게 하려던 것이었을까?"

철호도 마을 사람들 얼굴을 하나하나 떠올려 보았다.

"내가 말했지. 이 일은 너희 둘이서 풀어낼 수 없는 음모가 숨어 있어."

득기는 '음모'라는 말을 꺼내고는 둘의 반응을 살폈다. 철호와 순호는 득기의 말에 크게 거부감을 나타내지 않았다. 그러자 득기가 기다렸다는 듯 말을 이었다.

"순호야! 내가 말했듯이 다른 사람들과 함께 풀어 나가자. 어때?"

"어떻게?"

철호가 먼저 반응을 보였다.

"지금까지는 우리끼리만 정보를 갖고 있었어."

"우리가 갖고 있는 게 뭐야? 네가 혼자 방송을 해 놓고는."

순호가 표정을 일그러뜨렸다.

"방송은 했지만 알맹이는 공개하지 않았어. 네가 자꾸만 미뤄 달라고 했기 때문이야. 나도 너희들 생각을 최대한으로 배려, 아니 존중했다고나 할까."

득기가 한껏 폼을 잡았다.

"구체적으로 이야기해 봐. 네가 하려는 건 뭐야?"

"또 말해야 돼? 다른 사람들과 함께 풀어 나가자고. 많이 알리고 여러 사람 생각을 모으자 이 말이야. 이 숲의 위치, 전설, 너희 마을 축구 이야기까지. 또 왕래가 끊어지게 된 너희 마을 이야기도 해야지. 어때?"

"왕래가 끊어진 이야기는 빼는 게 좋겠어. 꼭 그런 흉을 할 필요는 없잖아. 안 그래?"

순호의 말에 철호도 고개를 가만히 끄덕였다. 잠깐 동안 두 사람의 표정을 살피던 득기가 외치듯 말했다.

"좋아. 자, 그럼 흉이라고 생각되어지는 것은 빼고 다른 것은 방송하여 많은 사람들의 관심을 불러일으키는 것으로 결정하는 거다. 오케이?"

순호와 철호는 고개를 끄덕이기만 했다.

몇 번 더 근처를 찾아보고, 범위를 더 넓게 잡아서 훑어보아도 스피커의 흔적은 찾을 수가 없었다. 그야말로 감쪽같이 사라지고 없었다.

"월요일 밤을 기대할게. 방송 잘해야 돼."

"아니, 월요일 그 이후를 기대하자고. 숨겨져 있던 숲이 세상으로 나와서 숨을 쉬게 될 거야. 사람들의 숲, 숲이 사람들을 불러 모을 거야. 그 사람들과 함께 숲이 우는 이유를 찾아가자고."

득기가 어깨를 으쓱했다.

"월요일 밤에 유튜브가 뜨면 소문이 번지겠지 그러면 성하, 성곡 학교 아이들부터 먼저 모여들겠지?"

순호의 말을 철호가 받았다.

"축구는 숲 가운데 넓은 밭에서 하면 될 거야."

"자나 깨나 축구 생각뿐."

득기가 카메라를 철호에게 맞추며 깔깔댔다. 생각을 모으고 나니 마음이 개운해졌다. 더 큰 소리로 떠들며 숲속을 휘젓고 다녔다.

철망 울타리

"아니, 어떻게 된 거야?"

"귀신이 곡할 노릇이네."

화요일 저녁에 철호와 순호는 숲을 찾았다. 유튜브를 본 사람들이 몰려오기 전에 미리 와 보고 싶었다. 그런데 생각지도 않았던 일이 벌어져 있었다. 그간 없었던 높다란 철망 울타리가 세워져 있었다. 일정한 간격을 두고 군데군데 붉은 글씨로 〈이 숲은 사유지로 접근을 금함〉 이라는 팻말까지 달려 있었다. 울타리는 숲을 가두어 두고 있었다. 숲은 아이들과 나누어진 채 어둠 속으로 가라앉고 있었다.

잠시 뒤에 득기가 달려왔다. 이어서 고 선생님과 정 선생님도 왔다.

"어떻게 이런 일이 있을 수 있지?"

고 선생님이 철망을 밀치며 소리쳤다. 힘껏 밀어 보았지만 철망은 꿈쩍도 하지 않았다. 고집스럽게 앞을 가로막았다.

"누굴까?"

정 선생님은 높은 철망 울타리를 올려다보며 버럭 대던 철호 아빠를 떠올렸다.

"너희 아빠 지난 주말에 어디 있었지?"

"집에 있었어요."

"그럼 누구지?"

"토요일 밤, 일요일, 월요일, 오늘 낮까지 4일 만에 이 넓은 숲에 울타리를 만들었다는 게 믿어지지 않아요."

득기가 고개를 갸우뚱거리며 철망 문짝 주변을 살폈다. 엄청나게 큰 자물쇠가 눈을 부라리고 있었다.

"자, 한 번 생각해 보자고, 이 숲은 우리 두 마을이 주인인데 울타리를 치자면 마을 사람들이 의논을 했을 거잖아. 그럴 시간이 없었는데…."

철호가 이마에 손을 얹으며 지난 주말 마을 사람들의 움직임을 짚어 보기 시작했다.

고 선생님이 물었다.

"의논하는 모습을 못 보았다는 거야?"

"예, 못 보았어요."

"얌마, 너는 보았어?"

순호 어깨를 쳤다.

"나도 마을 사람들이 모이는 것은 못 보았어요. 우리 아빠도 회사 출근한 것 빼고는 내내 집에 있었어요."

"그렇다면 뭐야. 마을 사람들과 의논하지 않고 누군가가 결정하여 울타리를 설치했다는 것인데…."

"또 이상한 게 있어요. 이 숲에서 이런 일을 벌이려면 두 마을이 의논을 해야 하는데 서로 오고 가는 낌새도 보이지 않았다고요."

철호의 말에 순호도 맞장구를 쳤다.

"맞아요. 이럴 게 아니라 철호 아빠에게 전화 한번 해 보세요. 그날 내가 떠난 뒤 바로 촌장 댁으로 가셨다고 했잖아요. 거기서 무슨 일을 꾸민 게 아닐까요?"

정 선생님을 쳐다보았다. 정 선생님은 잠시 생각하다가 전화를 꺼내서 철호에게 넘겼다.

아빠와 통화를 한 철호가 전화를 끊으며 떨떠름한 표정을 지었다.

"아빠가 뭐라고 하셔?"

"전혀 모르는 일이라고…."

고 선생님이 전화기를 순호에게 내밀었다. 순호도 아빠에게 전화를 하였다. 아빠는 오히려 펄쩍 뛰며 곧장 달려오겠다고 했다.

"도무지 알 수 없는 일이야. 도깨비장난 같아."

득기가 철망을 잡고 흔들어 보았다.

정 선생님이 득기를 보며 말했다.

"득기야! 이 울타리를 방송에 올려라. 사람들이 숲을 보러 왔다가 헛걸음치게 할 수는 없잖아. 숲이 열리는 날을 다시 알린다고 해 줘."

"알았어요."

득기 대답 소리는 영 힘이 없었다. 계획했던 일이 꼬이면서 다시 막막해지는 느낌이었다.

"고 선배! 오늘은 여기서 물러서는 게 좋겠어."

정 선생님 말이 끝나기 무섭게 자동차 소리가 요란하게 이어졌다. 자동차가 숲 입구로 들어오는 소리였다. 이어서 오토바이 소리도 들렸다. 철망과 스피커를 설치한 사람들일 거라는 생각이 들었다. 순간 두려움이 덮쳐 왔다.

"우리를 어떻게 하지는 않겠지?"

고 선생님이 정 선생님을 돌아보았다. 겁먹은 목소리였다.

갑자기 나타난 자동차와 오토바이 불빛에 눈을 뜰 수가 없었다.

"이 밤에 무슨 일이야? 그만큼 숲에 가지 말라고 했는데 또 여기 온 거야?"

순호 아빠가 차에서 내렸다. 이어서 한쪽에 오토바이를 세운 철호 아빠가 헬멧을 벗으며 다가왔다. 모두들 가슴을 쓸어내렸다.

"두 분 약속을 한 건 아니지요?"

고 선생님이 가슴을 펴면서 앞으로 나섰다.

"약속은? 우리 그런 거 없어요."

철호 아빠가 손을 내저었다.

"정말이네. 이 울타리가 어떻게 된 일이지?"

순호 아빠도 울타리를 살피며 고개를 갸웃거렸다.

"두 분도 이걸 모르신단 말입니까?"

정 선생님이 따지듯이 물었다.

"알았으면 이렇게 달려왔겠어요?"

"울타리가 있다는 전화를 받고는 나도 황당해서 달려왔어요."

순호 아빠도 철호 아빠도 도무지 이해할 수 없다는 얼굴이었다.

"그럼 누가 이 울타리를 쳤을까요?"

잠자코 생각에 잠겨 있던 득기가 넌지시 나섰다.

"네가 그 방송을 한다는 아이로구나. 사진을 찍은 너는 알겠구나. 어디 말 좀 해 봐라."

철호 아빠가 득기를 몰아붙였다. 단단히 벼르고 있었던 듯했다.

"아니요. 나도 몰라요. 지난 토요일 순호와 함께 철수한 뒤로는 얼씬도 하지 않았다고요. 철호도 같이 있었다고요."

"잠깐, 잠깐요. 여기 이것 보세요."

순호가 자동차 헤드라이트에 비친 철망 모서리에서 제작사 안내표를 발견하고는 큰 소리로 읽었다.

〈펜스, 투명 담장 제작, 설치 전문업체 안전철제사…〉

"전화번호나 주소 없어?"

순호 아빠가 전화기를 꺼내 손전등 기능을 터치했다.

"여기 비춰 주세요. 전화번호와 주소를 제가 적을게요."

순호가 메모지를 꺼냈다.

"주소가 성하5동이라면 산업단지 안에 있는 공장 같은데…"

쪽지를 받아 든 순호 아빠가 고개를 갸웃거렸다.

"성하리에서 울타리를 했구먼."

철호 아빠가 못마땅한 얼굴로 불퉁거렸다.

"아니야 그럴 리가 없어. 성하리에서 울타리를 할 이유가 없잖아. 우리는 숲에 관심이 없어. 숲을 애지중지하는 것은 성곡마을이잖아. 숲이 어떻게 될까 봐 으르렁거리며 난리를 피운 것도 그쪽이지."

순호 아빠가 손을 내저으며 책임을 성곡리로 미루었다.

"뭔 말을 그렇게 하고 있어. 우린 이 넓은 숲에 이렇게 울타리를 둘러칠 만한 돈도 없어. 펜스 제작 설치를 그쪽에서 했다고 업체 주소가 딱 말하잖은가. 증거를 갖고 이야기하라고."

잘못하다가는 말싸움이 두 마을로 번져 나갈 조짐을 보였다.

정 선생님이 에둘러 막고 나섰다.

"잠깐요. 밤새도록 고함지르고 계실 거예요? 그 메모 이리 주세요."

메모를 건네받은 정 선생님은 순호와 득기를 가까이 불렀다.

"이것 갖고 너희들이 내일 이 업체를 찾아봐. 누가 이 울타리를 주문했는지 바로 밝혀질 테니까. 그런 다음에 우리가 주문한 사람이나 집단을 찾아가서 그 사람에게 물어보자고. 너희들끼리만 가지 말고 이럴 때는 말이야 떼거리로 몰려가야 해."

"그다음에는 어떻게 하려고?"

고 선생님이 시큰둥하게 물었다.

"울타리를 벗겨야지요. 아니면 자물쇠를 풀고 자유롭게 드나들도록 해야지요. 안 그래요 선생님?"

정 선생님 대신 득기가 시원하게 대답했다. 고 선생님이 머쓱해지고 말았다.

"그렇게 해야지요. 숲을 가두어 둘 수는 없잖아요."

순호와 철호도 득기를 거들고 나섰다. 그러나 아빠들은 달리 말을 하지 않았다. 그러자 정 선생님이 따지듯 물었다.

"두 분은 왜 말이 없으세요? 아이들 말을 어떻게 생각하세요?"

우물쭈물하던 철호 아빠가 조심스럽게 말을 했다.

"일단은 마을 어르신에게 이 일을 알리고 어르신 생각을 들어 봐야지요."

"순호 아빠도 그렇게 생각하세요?"

순호 아빠도 마지못해 대답을 하였다.

"촌장님의 결정에 늘 따라 왔으니까요…."

정 선생님은 답답하다는 얼굴로 무슨 말을 하려다가 삼켰다.

순호는 메모지에 적은 번호로 전화를 한 뒤에 업체를 찾아갔다.

"숲에 울타리를 주문한 사람이 누군지 알고 싶어서 찾아왔어요."

담당자는 대답 대신 난처한 표정을 지었다.

"아이들이 그걸 알아서 뭐 하려고?"

눈치 빠른 득기가 재빨리 머리를 굴렸다.

"저희들 숲 동아리에서 체험학습을 가려는데 문이 잠겨 있어서 관리자에게 허락을 얻고 숲 해설 도움을 좀 받으려고요."

거짓말을 하고 나니 영 뒤가 켕겼다. 그게 얼굴에 나타날까 봐 창밖으로 눈을 돌렸다.

"절대 비밀로 하겠다고 약속을 했는데… 학생들 체험학습을 위해서 관리자를 만나겠다는 것이니까. …요즘은 학교가 참 좋아졌어. 숲 동아리도 있는 모양이네. 우리 때는 죽을 판 살판 문제 풀이만 하다가 졸업했는데."

담당자는 혼자 중얼 중얼거리며 한참 동안 서류를 뒤적였다. 시간이 제법 걸렸다. 서류가 없는지 몇 번 다시 뒤적이다가 무슨 생각이 났는지 손바닥으로 이마를 쳤다.

"맞아. 아, 그렇지. 이 작업은 서류를 따로 만들지 않았어. 그냥 전화로 계약을 하고, 입금했기에 바로 설치했어. 그러니 서류가 없지. 바로 하는 조건으로 가격도 세게 받았어. 그게 이제야 생각나네."

"서류가 없다고요? 누가 주문했는지 모른다는 말씀이세요?"

순호는 의자에 털썩 주저앉고 말았다.

"아저씨! 통장에 보면 입금한 사람 이름이 있을 거잖아요."

득기가 조심스럽게 말을 꺼냈다.

"그 사람이… 주문한 사람과 입금한 사람이 같은지는 우리도 몰라."

"왜요?"

순호가 다시 벌떡 일어났다.

"주문한 사람과 임금한 사람과 관리자를 우리도 본 적이 없으니까 같은 사람이라고는 말할 수 없어. 우리도 아는 게 없으니까."

그러면서 통장을 꺼내서 보여 주었다.

"사람 이름은 없네. 회사 이름으로 입금이 되었어. 주식회사 HSN이네."

"주식회사 HSN? HSN이 뭐예요?"

"펜스 울타리 설치를 해 달라고 돈을 입금한 사람 이름이야. 요즘은 첫 글자를 가져와서 이렇게들 잘 해."

순호는 이름을 옮겨 적고는 사무실을 나왔다.

"얘들아! 제대로 알려 주지 못해서 미안타. 그쪽과 연결되더라도 우리가 회사명을 알려 주었다는 말을 하지 않았으면 좋겠다. 고객 정보를 함부로 넘기지 않는 게 상도덕이란다. 개인정보보호법이란 거 요즘 참 무섭다. 무슨 말인지 알겠지?"

사무실에서 따라 나온 담당자가 미덥지 않은지 몇 번이나 비밀을 지켜 달라고 하였다.

"예, 걱정 마세요. 우리도 그 정도는 알아요."

회사 정문을 나서며 순호는 길게 한숨을 내쉬었다.

"아, 답답해. 미치겠네."

깊은 산속에서 길을 잃은 기분이었다.

"걱정 마. 인터넷을 뒤지면 회사 주소나 전화번호가 나올 거야."

득기가 도로가에 주저앉아서 휴대전화로 검색을 시작하였다.

"어라. 나오기는 나오는데 주소가 서울이야."

"뭐, 서울! 전화는 없어?"

"찾고 있어. 이 사진들 봐. 호화찬란한 광고가 떴어. 〈성내숲 리조트, 새로운 힐링의 시간을 누리십시오.〉 휴양시설 운영 회사네. 성내숲 리조트?"

"뭐라고, 성내숲 리조트?"

순호는 득기가 펼쳐놓은 휴대전화를 들여다보았다.

"이 모습, 이거 눈에 익은데?"

"우리 성내숲이네. 성내숲에다 리조트를 만든다는 거야?"

성내숲에다 리조트를 건설하기 위하여 투자자를 모으는 광고였다. 지금껏 두 마을이 성내숲 주인이라고 생각했는데 주인이 따로 있다는 것일까? 마을 사람들이 모르는 사이에 팔린 것일까? 순호는 별의별 생각이 다 들었다.

"사람들 접근을 막는다는 것은 이들이 뭔가를 숨기고 있는 거야."

득기의 말에 순호가 오른쪽 검지로 이마를 짚으며 중얼거렸다.

"수백 년을 마을과 함께 살아온 숲이 사라질 수도 있다."

"퍼즐이 딱딱 맞아 들어가지 않고 뭔가 덜거덕거리는 느낌이야.

어쨌든 이 회사가 우리를 쫓아내려고 스피커를 설치하고, 울타리를 만든 것만은 틀림없어."

득기가 전화기를 덮으며 고개를 끄덕였다. 생각을 정리하였다.

"이 회사에서 돈을 넣었다면 울타리를 만들었다고 봐야지. 전화를 받아야 따져 볼 텐데."

순호가 전화를 했지만 받지 않았다. 먹통이었다.

"회사가 없는 것 아니야? 유령회사 같은."

득기는 회사도 이상하다는 생각이 들었다. 성내숲에다 리조트를 만든다는 것은 사실일까? 의문을 품기 시작하자. 모든 게 이상하게 보였다.

"도대체 뭘 믿어야 할지…"

"당분간 어른들에게도 비밀로 하자. 마을 어른 누군가와 의논 없이 이런 일이 벌어질 수는 없는 거야."

득기는 마을 어른들을 경계하였다. 누구를 믿어야 할지 판단이 서지 않았다.

"나도 같은 생각이야. 샘들과 의논해 보는 건 어떨까?"

순호의 말에 득기가 선뜻 그러자는 말을 하지 않았다. 어른들 모두 의심스러웠다. 가장 가까운 사람부터 짚어 나가기로 하였다.

순호는 먼저 아빠부터 의심해 보기로 했다.

집에 들어가면서 아빠의 눈치를 살폈다.

"누군지 알아냈어?"

아빠가 기다렸다는 듯 물어 왔다.

순호는 시치미를 뗐다.

"아직 못 갔어요. 시간을 따로 내서 다녀오려고요."

아빠도 궁금해하는 것으로 보아서는 모르고 있는 것 같았다. 마을 일이라면 누구보다 앞장서는 아빠인데 모르고 있었다. 일단 아빠를 의심의 대상에서 제외시켰다.

"누가 숲에 울타리를 설치했을까? 너희들도 이제부터라도 숲에는 가지 마라. 어쩌면 잘된 일인지도 몰라. 비워 둔 숲에는 못된 짐승들이 들어와 살기 마련이거든. 안전이 최고야."

울타리를 반기는 것으로 보면 의심을 완전히 풀 수도 없었다. 그래서 한 걸음 더 나가 보았다.

"아빠! 성내숲 주인이 바뀔 수도 있어요?"

순호는 지나가는 이야기처럼 슬쩍 아빠의 속마음을 떠보았다.

"성내숲 주인이 바뀐다고? 말도 안 되는 소리 마라. 그 숲은 우리 할아버지들이 수백 년 동안 대를 이어 오며 지킨 숲이야. 그 숲은 사고 팔고 할 대상이 아니야."

아빠는 말도 안 된다는 표정을 보였다. 다시 아빠를 믿기로 했다.

순호는 방에 틀어박혀서 주식회사 HSN으로 전화를 계속 해 보았지만 연결이 되지 않았다. 이상한 일이었다. 투자자를 모집하려면 마땅히 전화를 받아야 했다. 그런데 전화는 계속 먹통이었다.

'도대체 뭐란 말인가?'

초조한 시간이 자꾸만 흘러갔다.

음모

순호는 숲으로 들어가는 길목에서 철호와 만났다. 철호에게 회사 이름이 적힌 쪽지를 건넸다.

"입금한 이는 사람이 아니라 알 수 없는 회사였어. 그런데 그 회사가 성내숲을 리조트로 개발한다고 투자자를 모집하고 있었어. 우리가 주인인데 그들이 개발한다며 광고하는 건 좀 이상하잖아."

"사기꾼 아니야? 우리가 모르는 사이에 주인이 바뀌었다는 거야 뭐야? 정말 이상하네."

"그런데 더욱 이상한 것은 투자자를 모집한다는 회사가 전화를 도무지 받지 않는 거야."

"전화를 받지 않다니?"

철호가 메모지에 적힌 번호를 건네받아 전화를 해 보았다. 역시 전화를 받지 않았다.

"혹시 어른들이 우리 모르게 뭘 꾸미고 있는 건 아닌가 하는 생각에 우리 아빠에게 넌지시 물어보았더니 전혀 모르더라고."

"그러면 우리 아빠에게도 슬쩍 물어볼까?"

"그래 전화해 봐."

철호가 아빠에게 전화를 했다. 말 같잖은 소리 하지 말고 빨리 집으로 들어오라고 냅다 꾸중만 듣고는 전화를 끊었다.

그때까지 잠자코 있던 득기가 천천히 말을 꺼냈다.

"만약 그런 일을 벌이고 있었다면 마을에 소문이 쫙 퍼졌을 거야. 그런 소문도 없었고, 회사에서는 전화를 받지 않고… 이건 사기야. 누군가가 사기를 치고 있는 게 틀림없어. 빨리 밝혀야 돼. 일단 숲 입구로 가 보자. 또 무슨 일이 벌어졌는지도 모르니까."

득기가 먼저 철망 울타리 입구를 향해 뛰었다.

어둠살이 제법 짙어지고 있었다. 입구에 가까워지자 나뭇가지를 일렁이며 바람이 한차례 지나갔다. 으스스한 바람결에 두런거리는 소리가 묻어 왔다.

"가만, 쉿!"

앞서가던 득기가 덤불 속으로 몸을 숨겼다.

"왜, 왜 그래?"

순호와 철호도 몸을 낮추며 앞을 살폈다.

"아니!"

자물쇠가 채워져 있던 철망 울타리 문이 살짝 열려 있었다.

"누가 들어간 것 같아."

먼저 주변부터 살피며 귀를 곤두세웠다. 말소리가 난 것 같은데 더 이상 들리지 않았다. 아이들은 발소리를 죽이며 열린 문을 지나서 가만가만 숲 안으로 들어갔다. 나무와 나무를 옮겨 가며 몸을 숨겼다. 숲 가운데 별밭 가까이 왔을 때였다. 두런거리는 소리가 다시 살아났다. 아이들은 고양이 걸음으로 소리에 접근해 갔다. 어둠 속에서 어렴풋하게 사람의 모습이 나타났다. 놀랍게도 성하 촌장과 성곡 촌장이 함께 있었다.

"아이들을 미리 막지 못해서 일이 이 지경이 되었네."

성곡 촌장이 뒷짐을 진 채 별밭을 향해 서 있었다.

"학교 선생들이 난데없이 축구 바람을 넣는 통에 이렇게 되었지요. 생각지도 않은 일이 튀어나올 줄은 상상도 못 했답니다."

성하 촌장이 스피커가 있던 자리 근처를 서성댔다.

"하기야 아이들이 숲으로 들어올 줄 누가 알았겠는가. 겁을 먹여도 두려워하지 않으니 요즘 애들은 우리 때와는 달라도 한참 달라."

성하 촌장이 빠른 걸음으로 성곡 촌장에게 다가갔다.

"형님, 지금이라도 울타리를 했으니, 안심이요. 내가 마을 사람들을 단단히 단속하여 숲 근처에는 얼씬도 못하게 하겠소이다. 숲에 사나운 짐승들이 운다는 소문은 더욱 퍼뜨려야 되겠어요. 그걸 이용하여 사람들 접근을 단단히 틀어막아야지요."

"성하에서 입단속을 단단히 해 주시게 성곡은 아직 내 명을 거역하는 사람이 없으니까 걱정 말고."

"성곡처럼 마을을 내 손아귀에 움켜쥐고 있어야 하는데 외지 사람이 불어나면서 말을 제대로 듣지 않아요. 그러나 걱정 마세요. 곧 시장의 건축 허가가 떨어질 겁니다. 그러면 공사를 일사천리로 밀어붙입시다. 몇 푼씩 안겨 주고, 발전, 잘살게 된다는 말 한마디면 다 입을 다물 겁니다. 사실 버려진 숲이 밥을 줍니까, 돈을 줍니까. 아무런 쓸모가 없는 것이잖아요. 그렇지 않습니까?"

"그래, 그 쓸모없다는 말을 강조, 또 강조하게. 대대로 내려온 우리 집안의 전통과 기강을 내세우며 다른 생각을 못하게 입을 막아야 하네. 그래야 군소리들이 없는 거야. 편하게 해치울 수 있는 방법은 그뿐일세."

"그래야지요. 형님도 단단히 마음을 다잡으세요. 나머지는 제게 맡기시고. 내일이면 이 앞에 경찰 순찰 초소가 생길 겁니다. 경찰이 나서서 얼씬도 못하게 막을 겁니다. 숲에 위험한 동물이 산다고, 매우 위험하다고 경찰에다 신고해 두었으니 주민들 발길을 단단히 막을 겁니다. 경찰에서도 적극 협조하겠다는 약속을 해 주었습니다."

"자네 아들 세남이는 수완이 참 좋아."

두 사람은 뒷짐을 진 채 크게 웃었다. 그 웃음소리가 별밭을 한 바퀴 돌면서 메아리를 만들었다. 웃음소리가 어둠에 묻혀 갈 무렵이었다. 당집 곁에 선 당산나무가 흐느끼기 시작했다. 흐느낌이 곁에 선 나무들로 번져 가더니 숲 전체가 소리 내어 울기 시작했다. 별밭 가운데서 붉고 푸른빛이 폭죽처럼 치솟았다. 그 빛은 순식간에 숲을 휘감아 돌며 날카로운 파장을 만들었다. 빛은 두 촌장을 가운데 두고 어지럽게 휘돌기 시작했다. 혼비백산한 두 사람이 허겁지겁 도망치기 시작했다. 나무에 부딪쳐 넘어지고, 돌부리에 차여 나뒹굴며 정신없이 숲을 빠져나갔다. 그러나 아이들은 흔들리지 않고 숲이 보내는 메시지를 온몸으로 느끼고 있었다.

"두 어른이 서로 원수처럼 지내는 걸로 알고 있었는데 참 이상하네. 서로 연락하면서 말을 맞추고 있었던 모양이야. 왜, 마을 사람들에게는 그걸 비밀로 했을까? 이상한 일이야."

"마을 사람들끼리는 서로 미워하도록, 만나지 못하도록 해 놓고, 몰래 둘이 만나서 이런 일을 꾸몄던 거야. 그래야 비밀을 유지할 수 있다고 생각했나 봐. 두 마을 사람 모두를 속였어. 아, 정말 열 받네."

철호는 화를 참지 못하고 씩씩댔다.

"숲을 출입 금지한 것도 비밀을 덮기 위한 것인 게 확실해."

득기가 철호와 순호를 가까이 모았다.

"숲이 팔리고 나무들이 잘려 나가기 전에 우리가 막아야 해."

"그래야지. 숲이 항상 우리 곁에 있도록 지켜야지. 무슨 좋은 방법이 없을까?"

철호가 득기를 돌아보았다.

"걱정 마. 녹음이 잘되었는지는 모르겠지만 두 어른이 하는 이야기를 녹음해 두었어, 편집 없이 그대로 올릴 거야."

"그래. 내일 당장 숲으로 모이자는 말도 올려. 우리 성곡학교 아이들을 모두 모이게 할 거야."

그러나 철호와는 달리 순호는 퍽 자신이 없어 보였다.

"잘될까? 어른들이 막고 나서면 아이들도 어쩔 수 없을 텐데."

순호의 미적거리는 모습을 본 철호도 새삼 앞뒤를 곰곰이 따져 보더니 그만 고개를 갸웃거리며 한 걸음 뒤로 물러났다.

"너까지 왜, 그래?"

득기가 철호에게 따지듯이 대들었다.

"생각해 봐. 마을 사람들이 촌장님의 말을 믿겠어, 우리 말을 믿겠어?"

득기가 숨을 크게 들이쉬며 흥분을 가라앉혔다. 그러고는 차분한 목소리로 분위기를 바꾸었다.

"좋아. 끼어들지 말고 내 이야기를 끝까지 들어 봐. 누구의 말을 믿을 것인지는 다음에 생각하자. 일단 마을 사람들에게 이 사실을 알려 보자. 그리고 판단은 그들에게 맡기자. 모든 비밀을 알고 있으면서 겁을 먹고 움츠려 있는 사이에 숲이 우리 곁에서 사라진다면 그 책임은 누가 질 거야? 이런 사실을 알고도 주춤거리는 것은 비겁한 짓이야. 지금 숲이 스스로 나서서 위기에 처했다고 우리에게 신호를 보내고 있잖아. 이제는 우리가 대답할 차례야. 우리는 이를 알릴 의무가 있다고 봐. 누군가는 우리 말을 믿어 줄 거야. 우리는

다만 진실을 외치는 거야."

　말을 마친 득기는 대답을 기다리지 않고 숲 입구로 걸어갔다. 철호와 순호는 생각했다. 득기의 말이 맞았다. 그러나 행동으로 옮겨야 하는 방법이 선뜻 떠오르지 않았다.

　순호는 불안하고 복잡한 생각 때문에 머리가 터질 것 같았다. 숲을 가두고 있던 철망 문은 열린 채로 있었다. 촌장들이 놀라서 도망치느라 자물쇠를 채울 정신이 없었던 모양이었다.

　득기는 문고리에 매달린 자물쇠를 뽑아 들었다.

　"어느 누구도 숲을 가둘 수는 없어."

　득기는 있는 힘을 다 해 자물쇠를 내던져 버렸다. 자물쇠는 어둠을 날아 멀리 울타리 너머 풀숲에 떨어졌다.

　별들이 나뭇가지에 얼굴을 숨긴 채 아이들을 지켜보고 있었다.

압박

"너희들 무슨 사고 쳤어?"

고 선생님이 수업 중인 순호를 불러냈다.

"사고라니요?"

"얀마, 교장실에서 널 찾아."

고 선생님은 손가락으로 교장실을 가리키고는 빨리 가라고 손짓을 했다.

순호는 숨을 깊이 들이쉬었다가 천천히 내뱉으며 생각을 가다듬었다. 무슨 일인지 짐작이 갔다.

교장실 앞에서 잠깐 멈추어 서서 마음을 다잡고는 문을 열었다. 교장 선생님 맞은편에는 득기가 먼저 와서 앉아 있었다. 득기를 보는 순간 올 것이 왔구나 하는 생각이 들었다. 그러나 이상하게도 마음이 차분하게 가라앉았다.

교장 선생님이 득기 옆자리를 가리켰다. 순호가 그 자리에 가서 앉으며 교장 선생님 얼굴을 마주 보았다.

"경찰서에서 너희들을 단속해 달라는 전화가 왔다. 요즘 숲에 드나든다고? 그곳은 매우 위험하다는데 그곳에 저녁마다 찾아가는 이유가 무엇이냐?"

순호는 슬쩍 득기를 보고는 목을 어깨에 파묻었다. 득기도 같은 눈빛으로 순호를 보았다. 그러다가 서로 마주 보며 멋쩍어서 풀썩 웃었다.

"야, 이놈들아. 이게 웃을 일이야? 경찰의 말로는 그 숲은 수십 년간 사람이 찾지 않아서 위험한 동물들이 살고 있을 수도 있다는 거야. 곧잘 범죄가 발생한다는 흉흉한 소문도 있고. 너희들의 안전을 위해라도 오늘부터 숲의 출입을 금한다. 알았지?"

득기가 순호를 한 번 돌아본 뒤에 말을 꺼냈다.

"저어, 교장 선생님! 며칠만 여유를 주시면 안 될까요? 저희들이 하던 일이 좀 남아 있어서요."

교장 선생님은 안경 너머로 득기를 지그시 바라보았다. 득기 말 속에 숨은 생각을 읽으려고 하였다. 그러다가 이내 얼굴을 굳히며 목소리를 높였다.

"너는 인터넷 1인 방송에다 헛소문을 퍼뜨린다며? 그런 가짜 뉴스를 함부로 만드는 것도 학칙 위반이 될 수도 있어, 가짜 뉴스, 그게 옳지 못한 일인 것은 너도 알고 있지? 그것도 오늘 당장 중단하기를 엄중 경고한다."

득기 얼굴이 확 달아올랐다. 눈에서 불길이 일었다.

"교장 선생님! 제 방송을 몇 번이나 보셨습니까?"

교장 선생님이 멈칫하였다. 당돌하다고 생각한 모양이었다.

"보신 적이 없으시지요? 콘셉트마다 저 나름대로 조사를 거치고, 사실에 맞는지를 확인한 뒤에 방송을 하고 있습니다. 보시지도 않고 제 방송을 가짜라고 하시면 곤란합니다. 저도 인권이 있고, 명예를 소중히 생각합니다."

순간, 교장 선생님 얼굴에 당황한 빛이 스쳤다.

"허어, 이 녀석 봐라. 태도가 영 불량한 것이… 기본적인 예의가 없구먼. 안 되겠어. 학생과에 넘겨 생활지도를 제대로 받도록 해 주마."

교장 선생님은 말을 길게 하다가는 망신스러운 일을 당하겠다는 판단을 하였는지 인터폰으로 생활지도부장인 고 선생님을 불렀다.

"얘들과는 정상적인 대화가 되지 않아요. 어른 말을 들어먹지를 않는다 이 말이요. 고 부장이 엄히 지도하쇼. 그래도 듣지 않으면 생활지도 매뉴얼에 따라 처리하쇼."

"예, 제게 맡겨 주십시오. 알아듣도록 잘 선도하겠습니다."

고 선생님은 순호와 득기를 교무실이 아닌 상담실로 데려갔다.

"얌마, 어떻게 된 거야? 오늘 아침에 경찰서에서 긴급히 연락이 왔어. 너희 두 놈에게 생활지도가 필요하대. 그것도 서장이 직접 교장에게 했대요. 숲에서 뭔 짓을 한 거야. 내가 모르는 뭔 짓을 했냐고? 솔직히 말해 봐."

선생님은 아이들을 나무랄 생각이 없었다. 궁금하기도 했지만 왠지 자신에게 불똥이 튀지나 않을까 걱정하고 있었다.

"이게 다 샘이 시켜서 한 일이잖아요."

순호가 불만 가득한 소리로 말했다. 선생님이 찔끔했다.

"얀마! 내가 경찰에 정보가 들어가도록 하라고 했냐? 내가 처음부터 그랬지? 어른들 모르게 비밀리에 진행하라고, 그런데 어른을 넘어 경찰이 알게 되었어. 말은 바로 하자 이런 사태가 온 게 내 탓은 아니다. 네놈들이 저지른 것이야."

득기가 파르르 성질을 부렸다.

"샘! 내 탓, 네 탓 따지지 마시고요. 우리 이야기부터 한번 들어 보세요."

"얀마! 내가 처음에 그랬잖아, 솔직히 말해 보라고 그런데 네놈들이 나를 걸고 들어갔잖아. 이렇게 일이 불거진 게 바로 네놈들 탓이라는 걸 분명히 해 두자는 거야. 그놈의 유튜븐지 너튜븐지 때문에 아이쿠 골치야, 너희들이 잘난 척 나댈 때 내 이럴 줄 알았다니까."

선생님은 목소리를 낮게 가져가면서도 불만스럽게 투덜댔다. 혹시 다른 데로 소리가 새 나갈까 봐 잔뜩 신경을 쓰고 있었다.

"샘! 숲에 철망 울타리가 쳐진 건 아시잖아요?"

순호가 흥분을 가라앉히고는 차분하게 이야기를 다시 시작했다. 그러자 선생님도 의자를 당겨 앉았다.

"그래, 거기까지만 알고 있지. 울타리, 그 울타리 설치한 사람 알아본다는 건 어떻게 되었어? 누구야?"

순호는 성곡과 성하리 촌장이 범인이었다는 것을 돌려 말하고 싶어서 잠깐 머리를 굴렸다. 이를 알아챈 득기가 버럭 화를 내며 앞질러 말했다.

"바로 양쪽 마을 어른들이었어요. 그 촌장들이 범인이었다고요."

"그분들이 울타리를 설치했어? 왜, 왜 울타리를 했대?"

이제 어쩔 수 없게 되었다고 판단한 순호가 한숨을 내쉬었다.

"숲을 팔아넘길 음모를 꾸미고 있었어요."

"뭐, 뭐라고?"

선생님 목소리가 다시 상담실을 울렸다.

"아이참, 샘요!"

순호가 손가락을 입에 갖다 대며 고 선생님 목소리를 주저앉혔다.

"아, 알았어. 목소리 낮추마. 혹시 너희들 오늘 덮친 이 위기에서 벗어나려고 거짓말하는 건 아니지?"

선생님은 여전히 미심쩍고 조심스러운 모양이었다.

"아이쿠 참, 샘요! 우리를 못 믿겠어요? 우리를 그런 거짓말이나 할 사람으로 보십니까?"

"그래, 그래. 종종 엉뚱한 짓은 해도 거짓말할 놈들은 아니지. 그럼 이 일을 어쩐다지? 경찰에 신고를? 아니, 아니 경찰에 신고할 수도 없지…."

선생님은 아주 곤란한 표정을 지으며 턱을 문질렀다. 득기가 재빨리 선생님 곁으로 옮겨 앉으며 한 가지 제안을 하였다.

"오늘 저녁 아이들을 숲으로 가게 해 주세요."

선생님은 눈을 크게 뜨고는 득기를 바라보았다.

"안 돼! 경찰서에서 학생들 저녁 생활지도를 강화해 달라는 협조 요청 공문이 왔어. 특히 숲을 비롯한 위험지역 출입을 철저히 막아 달라는 내용이라고. 그런데 아이들을 숲으로 보내 달라고? 말도 안 돼. 너희들이 가는 것만은 내 눈 감으마. 다만 들키지 않아야 한다."

"샘요. 샘이 우리를 도와주셔야 합니다."

고 선생님은 곤란한 표정을 지으며 한참 동안 머뭇거렸다.

"아이들이 숲으로 간들 어쩌겠다는 거야?"

"그다음 일은 우리도 몰라요. 우리도 우리가 중간에서 잡힐지, 숲에서 잡힐지 그것조차 몰라요."

선생님도 답답한지 천장을 바라보며 혼잣소리로 중얼거렸다.

"너희들 입을 철저히 막을 거야. 그런 뒤에는 아무 일도 없었던 것처럼 잠잠해지겠지. 지금까지 수십 년간 두 마을은 그렇게 지내 왔어."

"샘! 숲이 울고 있어요. 어떻게 좀…."

득기가 울먹이며 말을 잇지 못했다. 고 선생님은 아주 곤란한 표정을 지으며 아이들을 내보냈다.

"일단, 일단은 교실로 가라. 오늘 하루라도 잠자코 있어. 잠자코. 내 좀 더 생각해 볼게."

철호는 머릿속이 복잡했다. 어른들 모르게 아이들에게 알릴 방법이 없었다. 그렇다고 일일이 만나서 설명하고 숲으로 모이자고 할 수도 없었다. 그랬다가는 비밀이 바로 탄로 날 게 뻔했다.

드디어 수업이 끝나고 종례시간이었다.

"마을 숲에 출입을 엄금한다. 여러분의 안전을 위한 것이니까 꼭 지켜 주기 바랍니다. 다음, 요즘 아이들 사이에 가짜 뉴스, 엉뚱한 소문이 퍼지는 경우가 많다고 하네. 소문에 귀 기울이지 말고 적당히 듣고는 흘려 버리는 거야. 그런 소문에 휩쓸려서 귀중한 시간을 낭비하는 일이 없도록 해. 이상."

종례를 끝내고 나가던 선생님이 철호를 불러 세웠다.

"철호! 날 좀 보고 가."

순간 아이들 눈길이 철호에게 모아졌다. 그러다가 이내 서로 얼굴을 마주 보며 웅성대기 시작했다.

"맞지? 숲이 울고 있다는 그 소문 때문이지?"

"어떡할 거야. 갈 거야 말 거야?"

아이들이 철호 주변에 모여들었다. 아이들 사이에는 쉬쉬하면서도 소문이 벌써 돌고 있었던 게 분명했다. 철호가 시원한 대답을 하지 않자 한 아이가 철호 어깨를 쳤다.

"야, 너 숲에 드나든다는 소문이 있던데 어떻게 된 거야?"

"맞아. 영상에 나오는 얼굴 너 맞지?"

철호는 잠깐 생각했다. 아이들에게 알릴 기회였다. 고개를 끄덕이고는 아이들을 한 차례 둘러보았다. 아이들은 모두 철호의 말을 기다리고 있었다.

"너희들이 본 게 맞아. 우리 마을의 오래된 숲에서 이상한 일이 벌어지고 있는 게 맞아. 울고 있다는 것도 사실이고."

믿어지지 않는다는 표정과 겁먹은 표정이 뒤섞여 아이들의 얼굴은 묘하게 일그러졌다.

"숲이 운다고?"

"스피커에서 내는 가짜 울음은 또 뭐야?"

"우리도 가 볼 수 있어?"

"그 숲은 출입 금지 구역이잖아. 어른들이 나서서 단단히 막을 거라는 소문도 있어. 오늘도 갈 거야?"

호기심으로 달아오른 아이들이 점점 열띤 반응을 보이기 시작했다.

"그래, 너희들이 묻는 말 다 답해 줄게. 먼저 출입이 금지된 숲에 대하여 생각해 보자… 그 숲이 우리 마을 것인데 왜 가면 안 되는 거지? 숲이 출입 금지 구역이라니 이것 좀 이상하지 않아? 우리들 안전을 위해 출입을 금지 시킨다고? 정말 그럴까? …아니었어. 우리는 속고 있었던 거야. 우리의 숲은 우리를 기다리고 있었어. 우리가 오기를….'

거기까지 이야기를 하고 있는데 선생님이 다시 교실로 왔다.

"철호야! 너 오라니까 왜 꾸물대고 있어. 빨리 와."

"예, 예. 샘, 조금만 시간 주시면 안 돼요?"

"안 돼. 빨리 와."

철호는 교실을 나서며 아이들에게 남은 말을 한꺼번에 쏟아 놓았다.

"너희들 득기라는 아이가 올린 유튜브 보았지? 그대로야. 그 말을 믿고 따라 주면 좋겠다."

선생님이 철호 팔을 낚아채 교무실로 밀어넣었다.

"너 지금 아이들을 선동하고 있는 거야? 학교가 온통 비상이야."

"무슨 일로요?"

"몰라서 물어? 네가 알고 있는 거 숨김없이 다 말해 봐."

선생님 얼굴은 몹시 심각했다. 철호는 마을과 학교에서 무슨 일이 벌어지고 있다는 것을 곧바로 느낄 수 있었다.

"철망 울타리로 숲을 가둬 놓은 것은 선생님도 같이 보셨잖아요."

"그래. 장황하게 늘어놓지 말고 엊저녁에 일어난 이야기를 해 봐. 노인들 목소리가 득기 방송에 잡히던데 그건 뭐야?"

"득기 1인 방송 보셨군요."

철호는 선생님 가까이 다가앉아서 간밤에 일어난 일과 득기가 방송한 의도까지 모두 털어놓았다.

"마을 어른들과 교장, 교감이 새벽부터 설쳐 댄 이유를 이제야 알겠다. 넌 집에 돌아가면 바로 외출 금지가 될 거다. 잘되었다 생각하고 잠자코 집에 엎드려 있어. 소나기는 일단 피하고 보는 거야."

"안 돼요! 비겁하게 나만 도망칠 수는 없어요."

"너희들 셋이서 어른들과 맞서겠다는 거야 뭐야. 어림없다. 이번엔 너희들이 모르는 척 지고 넘어가는 게 좋겠다."

"선생님! 선생님 원래 이런 분이 아니셨잖아요?"

철호는 정 선생님의 그런 말이 퍽 섭섭하게 들렸다.

"나도 어쩔 수가 없구나. 너희들이 다칠 것 같아서 그래."

"그럴 수는 없어요."

철호는 선생님의 다음 말을 기다리지 않고 교무실을 뛰쳐나왔다.

추방

순호가 대문으로 들어서자 부리나케 달려 나온 엄마가 순호를 마루로 데리고 갔다. 마루에는 마을 사람들이 가득했다. 다 모인 것 같았다. 순호를 바라보는 어른들 눈길이 심상치 않았다.

아빠 방에서 성하 촌장의 고함소리가 들려왔다.

"자네는 아이를 어떻게 교육한 건가? 우리 마을에는 전통적으로 내려온 규약이 있어. 마을에서 의논된 일은 꼭 지켜야 한다는 걸 잊었는가. 숲에는 발걸음을 하지 마라. 그게 어려운 일이야? 어떻게 출입 금지 구역에 아이가 드나드는 것을 막지 못했는가? 이것은 우리 모두의 안전과 마을의 안녕을 위해서 우리가 지키자고 결의한 것이란 말일세. 우리가 성곡리와 원수가 된 게 다 성내숲 때문이 아닌가? 그 숲을 최고로 떠받들고 있는, 그 악귀와 같은 성곡리를 끊어 낸 덕분에 우리가 이만큼 잘살게 되었다는 걸 정녕 모른단 말인가. 그런데 그 성내숲에 드나들면서 성곡리와 만나서 어쩌겠다는 게야. 옛날로 돌아가고 싶은 게야? 내 긴 말 않겠네. 아이 입을 막게. 못하겠다면 자네 가정만 성곡리로 아주 이사를 가게. 자네 아이가 이미 성곡리를 드나들었다는 것도 알고 있네. 아니면 아예 이 섬을 떠나게."

"평생을 이 섬에서만 살아온 우리더러 섬을 떠나라고요?"

엄마가 풀썩 주저앉고 말았다. 그러나 아빠는 한마디 대꾸도 못하고 '죄송합니다'를 연발하고 있었다. 마을 사람들도 성하 촌장의 호통에 겁을 먹고 있었다.

"이 집만 아니라 모두들 자식 단속 제대로 해. 우리가 어떻게 이만큼 살게 되었는가. 그것만 생각해."

성하 촌장은 휑하니 찬바람을 일으키며 밖으로 나갔다. 마을 사람들도 불안한 낯빛으로 하나둘 순호네 집을 빠져나갔다.

아빠는 한참 동안 멍하니 앉아 있었다. 간신히 정신을 가다듬은 엄마가 먼저 입을 뗐다.

"네가 저지른 일이 아빠를 이 꼴로 만들었어. 마을에서 완전히 외톨이가 되고 말 거야. 이 일을 어쩌면 좋지?"

엄마의 꾸중이 시작되려는 순간이었다. 아빠가 손을 들어 엄마 말을 막았다.

"우리 식구끼리는 서로 원망하지 맙시다."

아빠는 그러고 또 한참 동안 가만히 앉아 있었다. 순호는 그 침묵이 꾸중보다 너무 불안하여 숨이 막힐 것 같았다. 아빠가 고함이라도 치는 게 차라리 편할 것 같았다. 불안하고 초조한 시간이 한참 더 흐른 뒤 아빠가 말을 시작했다.

"네 친구 득기가 한 방송 다시보기로 볼 수 있어?"

아빠의 말이 믿어지지 않아서 순호는 대답도 못한 채 눈만 끔벅였다.

"그거 한번 보자."

엄마가 놀라서 아빠 옷자락을 잡아당겼다.

"당신 미쳤어요?"

그러나 아빠는 다른 말을 하지 않았다.

순호는 간밤에 내보낸 방송을 열었다. 어두워서 영상이 제대로 잡히지 않았다. 소리 역시 거리가 멀어서 중간중간 끊어지기도 했다. 그러나 그 내용은 충분히 전해졌다. 다 보고 난 아빠가 무겁게 입을 뗐다.

"너는 어쩔 생각이냐?"

"아니, 여보! 어쩌자고…."

엄마는 말리고 싶은 마음이 앞섰다. 그러나 엄마도 방송을 보고는 크게 놀란 눈치였다.

"오늘도 숲으로 갈 거예요. 친구들과 그렇게 약속을 했거든요."

아빠가 길게 숨을 내뱉고는 어렵게 말을 꺼냈다.

"오늘은 감시가 심할 거다. 마을 청년들이 나서서 너희들을 길목에서 잡을 거야. 안전을 지킨다며 경찰도 경비에 나설 텐데…"

엄마의 태도가 돌변한 게 그 순간이었다.

"경찰이 우리 아들을 어쨌다고요? 우리 순호가 도둑질을 했어요. 누굴 두들겨 팼나요? 순호야, 나도 갈게. 밥 먹고 사는 게 어디 그 노인네 덕분이야? 네 아빠가 회사 나가서 열심히 일한 덕이지. 가만히 생각하니 우리가 굽실굽실 하니까 높은 감투라도 쓴 것처럼 떵떵거리네. 아니 노인네가 뭔데 우리더러 섬을 떠나라 말라야? 절대 못 떠나."

"아니, 당신까지 왜 이래요?"

"나는 지금부터 그 노인네보다 내 아들을 믿을 거요. 당신은 어쩔 거요? 선택하세요."

"어허 이 사람 참, 우리 가족 안에서도 또 편을 가를 거요?"

"편은 무슨 편을 가른다고 그래요. 그러면 당신은 순호를 노인네가 경찰의 손에 넘기도록 내버려 둘 거요?"

아빠는 헛기침을 두어 번 하고는 일어섰다. 겉옷을 걸치고 현관을 나서며 한마디 했다.

"너도 네 행동을 결정할 충분한 나이가 되었다. 아빠는 그렇게 생각한다."

"아빠, 고마워요."

"당신, 어디 가세요? 순호를 지켜야지요. 나가면 어떡해요."

"마을 회관에 나가 봐야지. 문단속 잘하세요. 촌장 지시를 받은 청년들이 몰려올지도 몰라요."

엄마가 아빠를 따라 나갔다가 대문을 걸어 잠그고 들어왔다. 곧 마을 청년들이 들이닥칠 것 같아서 몹시 불안하였다. 애써 용기를 내려고 하여도 온몸이 떨렸다.

"엄마, 문단속 잘하고 계세요. 득기네 집에 갔다가 숲으로 바로 갈게요. 마을 형들이 집으로 몰려와서 나를 잡을 수도 있으니까 미리 움직일게요."

"아들!"

현관을 나서는 순호를 엄마가 불러 세웠다. 순호는 엄마를 돌아보았다. 엄마가 달려와서 순호를 부둥켜안았다.

"엄마, 걱정 마세요."

"그래. 이 엄마는 내 아들을 믿는다."

득기는 이미 챙겨 갈 장비를 꺼내 놓고 있었다. 도망쳐야 할 상황이 오면 빨리 몸을 움직일 수 있도록 장비를 줄였다.

"오늘은 가벼운 장비만 가져가려고."

순호는 득기가 그렇게 말하는 뜻을 알아챘다. 순호는 짐을 나누어 지면서도 자꾸만 초조해지는 마음을 숨길 수가 없었다. 침이 마르고 가슴이 콩닥거리며 곧 밖으로 튀어나올 것만 같았다.

"너희 부모님은 어디 가셨어? 보이지를 않네."

순호 말끝에 득기 얼굴에 차가운 웃음이 한 점 지나갔다.

"회사 대표가 보자고 했대."

"회사 사장님이?"

"촌장이 손을 쓴 거겠지."

"촌장, 학교, 회사…."

"우리 입을 막으려고 모두들 나선 거야. 어쩌다 큰 싸움이 되어 버렸어."

"네가 원했던 거 아니야? 해 지기를 기다리지 말고 지금 출발하자. 우리가 약속한 시간이 따로 있는 게 아니잖아."

순호는 정말 물러설 수도, 도망칠 수도 없다는 생각을 했다. 서둘러 집을 나서고 싶었다. 불안에 떨며 시간을 기다리는 것보다 나가서 부딪치는 게 차라리 나을 것 같았다.

"해가 지면 몸을 숨기기가 좋잖아. 조금 더 기다리자."

득기가 창밖을 내다보며 말했다.

"너희 부모님이 오시기 전에 빠져나가자. 어쩌면 여기로 마을 형들이 들이닥칠 수도 있어. 형들이 모르는 다른 곳으로 옮기자. 가만, 그래. 뺑 샘 집이 좋겠다."

"뺑 샘? 믿어도 될까? 이랬다, 저랬다. 도무지 알 수 없는 분이라서."

"달리 방법이 없잖아. 일단은 그곳으로 옮기자."

불안하고 초조한 순호와는 달리 득기는 의외로 담담한 얼굴이었다.

득기네 집을 빠져나왔다. 골목은 의외로 평온했다. 지나다니는 사람도 없었다. 다행이었다.

해가 지고 있었다.

순호와 득기는 어둠살이 발끝에 닿을 때쯤 고 선생님 집을 나섰다.

"우리 집에 숨어 있었다는 것은 비밀이다. 생활지도부장이 생활지도는 하지 않고 아이들을 숨겨 주었다는 게 알려지면 곤란해질 것 같아서 말이야."

고 선생님은 목을 슬슬 문지르며 움츠러드는 소리를 했다.

현관을 나서다가 득기가 한마디했다.

"샘! 오실 거죠?"

"얀마, 내가 거기 왜 가. 내 너희 두 놈에게 다시 말하는데 나는 너희들이 벌인 이번 일과는 상관이 없다."

"무슨 말씀을 하세요. 처음 축구 이야기를 꺼낸 분은 샘이잖아요."

순호가 버럭 소리를 질렀다. 순간적으로 화가 치밀었다.

"얀마! 내가 축구 한 게임 하자고 했지. 어른들과 싸우라고 하진 않았어. 그래, 안 그래?"

선생님은 자기 말을 확인시키듯 손가락으로 두 아이 이마를 쿡쿡 찔렀다.

"맘대로 하세욧."

순호가 일부러 현관문을 소리 나게 힘껏 닫아 버렸다.

늘 다니던 언덕길을 버리고 비탈에 붙은 토끼길을 택했다.

숲이 가까워지자 건너편 길목에 한 무더기 사람들이 모여 있는 게 보였다. 숲으로 가는 아이들을 막기 위해 나선 사람들이었다. 토끼길을 택한 게 천만다행이었다. 급한 비탈이 이어졌지만 그래도 걸을 만했다.

그런데 숲 입구가 저만큼 보이는 곳에서 멈출 수밖에 없었다. 철망 울타리 문 앞에는 어제 없던 간이 순찰 초소가 설치되어 있었다.

순호와 득기는 입구가 빤히 보이는 덤불에 몸을 숨겼다. 초소 주변을 살피며 경찰관의 움직임을 찾았다.

"아직은 경찰이 오지 않았는가 봐."

경찰관들은 보이지 않았다. 조금은 안심이 되어 몸을 세우고 주변을 좀 더 넓게 둘러보았다.

"머릴 낮춰! 경찰이 숲에 들어가 있어."

갑자기 머리를 쥐어박는 듯 작고 무거운 소리가 들렸다. 순호와 득기는 기겁을 하며 납작 엎드렸다. 철호가 대여섯 걸음 떨어진 덤불 속에서 기어 왔다.

"아니, 어떻게 된 거야, 벌써 와 있었어?"

철호 등에는 풀덤불이 엉겨 붙어 있었다.

"집에 들어가면 잡힐 것 같아서 미리 와 버렸어."

"우리도 같은 신세야. 손에 든 그것은 뭐야?"

득기는 철호가 움켜쥐고 있는 쇠뭉치를 발견하였다.

"응, 네가 어제 던져 버린 자물쇠. 내가 숨어 있던 자리에 떨어져 있더라."

"그것은 왜 주워 왔어? 두 번 다시 보기 싫어."

"풀숲에 있기에 그냥 주워 왔어."

셋이 오도카니 모여 앉았지만 어떻게 해야 할지 막막했다. 돌아 갈 수도, 앞으로 나갈 수도 없었다. 하늘을 올려다보았다. 어두워지 는 하늘이 막막함을 더해 주었다. 완전히 포위된 기분이었다.

시간은 가고 점점 어둠이 짙어졌다. 두 마을로 향하는 길목에는 똑같이 불이 피워지고 있었다. 마을 청년들이 피운 화톳불이었다. 그때 경찰차가 초소 앞으로 와서 멈추었다. 숲에 들어가 있던 경찰 관이 차를 보고 달려 나왔다.

"그 녀석들 찾았어?"

"아직까지는 보이지 않습니다."

차에서 내린 경찰관이 손전등으로 숲을 이리저리 비추어 보았다.

"숲이 꽤 넓구먼. 그 녀석들을 잡아서 입을 막는 게 우리 임무야. 잘 지켜."

경찰차는 잠시 머물다가 되돌아갔다.

"우리가 죄를 지은 것은 아니잖아."

철호가 지금까지 일들을 하나하나 따져 가며 생각을 정리해 보았다.

"맞아. 잡힐 때 잡히더라도 당당하게 나가서 할 말을 하는 게 좋겠어. 이렇게 숨어 있는 것은 집에 죽치고 있는 것보다 못해."

순호가 용기를 내서 일어섰다.

득기가 부시럭대며 카메라를 꺼냈다.

"늘 우물쭈물하던 네가 웬일이야?"

철호도 핀잔을 주기는 했지만 순호를 따라 덤불 밖으로 나섰다. 든든했다.

"누구야!"

경찰관들이 초소 밖으로 달려 나오며 손전등을 들이댔다.

"안녕하세요. 경찰 아저씨! 우리는 숲을 지키러 왔어요."

순호가 약간 징그러운 목소리로 말을 걸었다

"아하, 이놈들, 집에서 사라졌다더니 여기 와 있었구나. 이리 오너라 그만 집으로 가자."

경찰관들이 웃으며 손짓했다.

"우리는 집으로 돌아가지 않을 겁니다."

철호가 한쪽으로 비켜서며 불빛을 손으로 막았다.

"어른들 말 들어라. 여기는 위험한 짐승들이 많이 있다잖아. 그놈들이 너희들 생명을 노리고 있어. 다 너희들을 위해서 어른들이 나선 거야. 곱게 말할 때 들어."

경찰관들이 달랬다. 그러나 아이들을 거세게 고개를 저었다. 경찰관들이 슬슬 다가왔다. 아이들은 물러나면서 흩어졌다. 경찰관은 둘뿐이었다. 한 사람씩 잡는다고 하여도 한 사람이 남았다. 숫자가 아이들 마음을 편하게 해 주었다. 잡히지 않은 한 사람은 숲으로 들어갈 수 있다는 생각을 하였다.

"아저씨! 우리를 강제로 붙잡지는 못 해요. 우리 덩치를 보세요. 우리 힘도 만만치 않다고요. 그리고 또 아저씨는 두 분, 우리는 세 사람입니다. 또 지금 모든 것이 촬영되고 있다는 겁니다."

득기의 말에 경찰관들이 멈칫했다.

"그러니까 말로 하자고 했잖아. 순순히 말을 들어."

경찰관들의 말투가 다시 부드러워졌다. 아이들은 흩어지면서 경찰관들을 철망 울타리 입구에서 멀리 떼놓았다. 철호는 경찰관이 멀어진 틈을 타서 문을 확보하고는 안으로 들어가서 문을 걸었다. 마침 들고 온 자물쇠가 요긴하게 쓰였다. 철호는 열쇠를 뽑아서 주머니 속에 넣었다.

"에이 모르겠다. 너희들 마음대로 하렴."

철호를 놓치자 경찰관은 아이들 잡으려던 생각을 바꾸었다. 숲 속에 가두어 두는 것도 좋은 방법이라고 생각했다. 경찰관들이 멈 칫대는 사이에 순호와 득기도 숲 안으로 들어갔다.

열쇠

아이들과 경찰관은 철망 울타리를 경계로 서로 마주 보고 서 있었다.

"이 녀석들아, 숲에 나쁜 짐승들이 산다잖아. 너희들이 다칠 수도 있어."

"아저씨! 우리 안전과 함께 숲의 안전도 걱정해 주세요. 이 숲도 지켜 주시라고요."

"어허 그 녀석들 참, 어른들 말을 들으면 자다가도 떡이 생긴다는 말 몰라?"

"우리는 그런 말 몰라요."

경찰관들은 아이들을 마냥 숲에 가두어 둘 수도 없었다. 그렇다고 들어가서 붙잡을 수도 없었다. 서로 뭔가를 의논하더니 갑자기 호루라기를 불어 댔다. 호루라기 소리는 숲에 내렸던 어둠을 날카롭게 찢으며 멀리까지 날아갔다.

화톳불 주변에 모여 있던 마을 사람들이 달려왔다.

경찰관들은 마을 사람들을 울타리 앞에다 불러 모았다.

"불상사가 날 수도 있으니 울타리에서 떨어져 주세요. 먼저 제 이야기를 듣고 판단해 주세요."

경찰관들이 팔을 벌려 마을 사람들이 더 이상 울타리 가까이 다가가지 못하게 하였다 사람들이 멈추자 경찰관이 사람들을 향해 일의 형편을 설명하였다.

"여러분! 보시다시피 숲 안에 아이들이 있습니다. 우리가 잡으려고 했지만 어쩔 수가 없었습니다. 갇혀 있으니 잡힌 거나 마찬가지입니다. 여기서 억지로 아이들을 잡겠다고 하면 서로 다칠 우려가 있습니다. 일단 저희들에게 맡겨 주시고 여러분들은 집으로 돌아가 주십시오."

그러나 철망 울타리 밖에 선 마을 사람들은 움직이지 않았다. 뒤에서 지켜보고 있는 두 마을 촌장의 명령을 기다리며 눈치를 보고 있었다.

"위험한 곳에다 아이들만 남겨 두고 갈 수는 없지. 얘들아! 이리 나오너라."

성하 촌장이 앞으로 나서며 점잖게 말했다.

순호가 촌장을 향해 분명한 소리로 말했다.

"약속해 주세요."

"무슨 약속을 말하는 것이냐?"

득기가 카메라를 높이 쳐들며 소리쳤다.

"숲을 팔아넘기지 않겠다는 약속을 이 자리에서, 마을 사람들 앞에서 해 주세요."

그때까지 멀찍이 물러나 있던 성곡리 촌장이 버럭 소리를 질렀다.

"고얀 놈 같으니라고! 네놈은 마을 토박이도 아니지 않느냐. 네놈이 숲에 대해 무슨 권리가 있다고 어른들 일에 배 놔라 감 놔라 하는 게야. 당장 저놈들을 끌어내서 딴소리를 못하게 입을 틀어막아."

성곡 촌장 말이 떨어지기 무섭게 성곡마을 사람들이 경찰관을 밀치며 우르르 몰려들었다. 그중 몇몇은 아이들을 잡으려고 철망을 기어올랐다.

"잠깐!"

득기가 소리를 질러 마을 사람들을 진정시켰다.

"울타리에 오르지 마세요. 위험해요. 잠깐, 잠깐만 이 말을 들어 보세요. 이 말을 듣고도 우리가 하는 일이 잘못되었다고 생각하시면 우리가 스스로 나갈 게요."

득기는 스피커를 연결하고 휴대전화에 녹음된 소리를 높였다. 아, 그런데 말소리가 나올 듯, 나올 듯 버벅대기만 했다.

"어떻게 좀 해 봐."

순호와 철호가 겁먹은 얼굴로 득기를 보았다. 당황한 득기가 스피커를 다시 만졌다. 어디가 잘못되었는지 도무지 알 수가 없었다. 득기 손이 부들부들 떨렸다.

그 사이에 성곡 촌장은 마을 사람들을 더욱 세차게 몰아쳤다.

"멍청하게 보고만 있을 거야! 마을의 질서를 해치는 저놈들을 당장 끌어내지 못할까. 빨리, 빨리 움직여!"

그때 스피커에서 두 촌장의 이야기 소리가 더듬더듬 나오기 시작했다.

마을 사람들은 간간이 들리는 소리를 들으며 그 말을 서로 확인하려는 듯 웅성대기 시작했다.

"다 거짓이야! 저것들이 꾸민 것이야!"

성하 촌장이 고래고래 고함을 질렀다. 그 소리에 놀란 성하마을 청년들이 떼를 지어 다시 울타리를 기어올랐다. 경찰관이 다시 호루라기를 불며 청년들을 말리고 나섰다. 사람들이 뒤엉키면서 소동이 벌어졌다.

"저러다 친구들이 잡히겠어. 이를 어쩌면 좋아?"

이를 보던 여학생 하나가 안타까움에 발을 동동 구르며 울음을 터뜨렸다. 곁에 섰던 아이들도 발을 구르며 '우, 우' 소리를 질렀다. 그 발 구름은 서서히 땅 울림으로 바뀌어 갔다. 땅 울림을 따라 숲 머리에서 한 줄기 바람이 풀잎을 쓸면서 다가와서 당산나무 가지를 흔들었다. 그때까지 무심하게 지켜보고만 있던 당산나무가 '부르르' 몸을 떨고는 흐느끼기 시작했다. 그 흐느낌은 이내 이웃 나무들을 흔들어 깨웠다. 뿐만 아니라 사람들도 깨웠다. 나무와 나무가 울음으로 이어지면서 숲이 울기 시작했다. 울타리를 기어오르던 사람들이 그 소리에 놀라서 돌멩이처럼 나가떨어졌다. 다른 사람들도 머리를 감싼 채 땅바닥에 엎드렸다. 한동안 숲의 울음은 계속되었다.

얼마나 지났을까. 서서히 울음이 잦아들었다. 가까스로 정신을 가다듬은 사람들이 하나둘 고개를 들어 당산나무를 올려다보았다. 세상의 모든 소리가 사라진, 진공 상태가 된 느낌이었다.

장비를 고치던 득기가 전원을 껐다가 다시 켰다. 스피커 소리가 다시 깨끗하게 살아났다. 소리를 높였다.

순호와 철호도 그제야 한숨을 내쉬었다. 스피커 소리를 들은 사람들이 하나둘 일어섰다. 순호와 철호는 마을 사람들의 움직임을 살폈다. 멀찍이 떨어져서 이를 지켜보는 아빠가 순호 눈에 띄었다. 순호는 힘이 치솟았다.

"선택해 주세요. 숲을 지켜 주세요. 이쪽으로 와서 우리 손을 잡아 주세요."

"우리 숲이 팔려 가는 것을 막아 주세요."

순호와 철호가 철망 사이로 손을 뻗었다. 그러나 마을 사람들은 촌장의 눈치를 살필 뿐 아무도 움직이지 않았다.

어른들 뒤쪽이 술렁이기 시작했다. 몰래 구경 나왔던 성하학교 아이들이었다. 안타까워 발을 구르던 한 여학생이 먼저 달려와서 순호의 손을 잡았다. 그 뒤를 따라 망설이고 있던 아이들이 다가왔다.

철호가 성곡학교 아이들 쪽을 바라보았다.

"언제까지 눈치를 살필 거야? 스스로, 스스로 판단하라고!"

철호가 소리쳤다. 아이들이 주춤주춤 움직였다.

"어디 아이들이 어른들 일에 나선단 말이야 썩 물러나지 못해!"

성곡 촌장이 소리치며 아이들을 막고 나섰다. 아이들은 다시 움츠려 들었다.

"스스로 판단하고 용기 있게 행동해!"

철호가 설움에 북받쳐 울먹이기 시작했다.

"나는 아이들 손을 잡을 겁니다. 내 반 학생인 철호의 판단을 믿기 때문입니다."

언제 왔는지 정다운 선생님이 사람들을 헤치며 앞으로 걸어 나왔다.

"저 여잔 누구야?"

성곡 촌장이 정 선생님을 향해 손가락을 겨누었다.

"저를 모르신다고요? 성곡학교 교사 정다운입니다. 어르신! 우리 중 누군가는 거짓말을 하고 있습니다. 그 사람이 누군지 어르신은 잘 아실 겁니다."

그제야 용기를 얻은 성곡학교 아이들이 하나둘 정 선생님 뒤를 따라 철망 울타리로 다가왔다.

"나도 내 아들 말을 믿어요."

순호 엄마였다. 순호 아빠도 뒤따라 나서며 철호 아빠를 건너다

보았다. 철호 아빠는 고개를 숙이며 순호 아빠가 보내는 눈길을 외면했다. 사람들의 눈길이 철호 아빠에게 몰렸다. 촌장의 눈치를 살피며 뒤로 물러서려던 철호 아빠가 깊게 숨을 들이키더니 앞으로 걸어 나왔다. 철망 앞으로 다가가서 철호 손을 마주 잡으며 눈물을 훔쳤다.

성곡마을 쪽에서 누군가가 소리쳤다.

"그 녹음 소리 진짜 맞아?"

대답 소리가 바로 들리지 않자 사람들은 잠깐 동안 득기를 보며 대답을 기다렸다.

"진짭니다. 교육자인 제 목을 걸고 증명합니다."

고 선생님의 우렁찬 목소리가 어둠을 뚫고 나왔다.

순호가 목소리 주인을 찾았다.

"뻥 샘이잖아. 절대로 오지 않겠다고 하셨는데…"

틀림없는 고성만 선생님이었다. 믿어지지 않았지만.

"생활지도부장이 지금 뭐 하는 짓이야. 아이들을 지도해야 할 교사가 아이들을 위험한 지경에 빠뜨려요?"

"어허, 교장 선생님! 위험한 일은 아이들이 벌이는 게 아니라 저기, 저 어른들이 벌이고 있네요. 우리 아이들은 지도 대상이 아니라 포상 대상자입니다."

아이들이 까르르 웃어 댔다.

"자, 우물쭈물 하시지 말고 다들 이리 오시지요."

고 선생님이 또 큰소리를 뻥뻥 질러 댔다.

"뻥 선배, 큰소리만 뻥뻥 질러 대는 줄 알았는데 실속 있는 소리도 하네."

"그렇게 말하면 내가 섭섭하지."

고 선생님의 큰 키가 숲 쪽으로 움직이자 사람들이 흔들리기 시작했다. 하나둘 철망 쪽으로 다가와서 철망을 둘러쌌다.

"경찰관! 당신들은 뭐 하는 거요. 구경만 할 거요? 사유지에 무단 출입한 저 아이들을 빨리 끌어내요."

성곡 촌장이 소리소리 질렀다.

"그러게요. 어떻게 하는 게 질서 유지에 맞는지 우리도 판단이 서질 않아서…."

"그냥 철수하시면 됩니다."

정 선생님이 경찰관을 향해 정답게 말했다.

"그게 맞겠지요. 저희들 판단도 그렇습니다. 그럼 선생님 두 분만 믿고 철수하겠습니다."

경찰관들이 도망치듯 자리를 비켰다.

마을 어른들이 자기네 촌장의 눈치를 보다가 철망 가까이 다가와서 울타리 너머로 숲을 살피며 고개를 갸웃거렸다. 철망 안에 있는 숲이 새삼스럽게 사람들에게 다가왔다. 다른 누구의 숲이 아닌 마을 사람들의 숲이 바로 거기에 있었다.

"우리가 모르는 사이에 이 숲이 남의 손에 넘어갈 뻔했구나."

누군가가 긴 한숨을 섞어서 말을 했다.

"까맣게 속고 있었네. 이 밝은 세상에서 이런 일이 일어나다니."

그제야 마을 사람들은 분노했다.

"수백 년 동안 지켜온 이 숲을 팔아먹다니 어림없다."

"우리가 너무 몰라서 숲을 내버린 게야. 이제라도 정신 차리고 지킵시다."

약이 올라서 펄펄 뛰던 성하 촌장과 성곡 촌장도 마을 사람들의 화난 얼굴을 느끼고는 서둘러 꽁무니를 뺐다.

"이제 숲을 되찾았으니 우리도 돌아갑시다. 너희들은 그 안에 갇혀 있어라."

고 선생님이 껄껄대며 아이들을 놀렸다.

"열쇠가 여기 있는데요."

철호가 열쇠를 꺼내 들었다.

"열쇠를 너희들이 갖고 있었구나. 그래, 지금까지는 흉악한 음모를 감추기 위해 숲에 자물쇠를 채우는 열쇠였다면 이제부터 사람과 숲이 만날 수 있도록 자물쇠를 열어 주는 열쇠가 된 거야. 그 열쇠를 너희들이 그렇게 변화 시켰어."

정 선생님이 주먹을 불끈 쥐고 흔들었다.

철호가 자물쇠를 풀고는 철망 울타리 문을 활짝 열었다. 아이들과 어른들이 숲 안으로 들어섰다. 사람들은 모두 당산나무를 우러르며 깊게, 깊게 숨을 들이켰다.

"뺑 샘! 축구는 어떡해요?"

철호가 물었다.

"축구? 얀마, 말도 꺼내지 마. 나는 모르는 일이야."

고 선생님이 손을 거세게 흔들었다.

아이들이 와르르 웃어 댔다. 숲이 함께 웃었다.

오랜만에, 정말 오랜만에 숲에서 사람 소리가 났다.

숲이 마을 사람들 곁으로 다가왔다. 성하, 성곡 두 마을 사람들
이 함께 숲의 품에 안겨 있었다. 비로소 숲이 숨을 내쉬었다.